O Gors y Bryniau

I Goffadwriaeth

Richard Hughes Williams

O Gors y Bryniau

KATE ROBERTS

y olfa

Cyhoeddwyd yn wreiddiol gan Hughes a'i Fab, 1925
Argraffiad cyntaf o'r fersiwn hwn: 2025

Dymuna'r cyhoeddwyr gydnabod cymorth ariannol Cyngor Llyfrau Cymru.

Llun y clawr: Richard Farmer

Rhif Llyfr Rhyngwladol: 978 1 80099 763 9

Cyhoeddwyd ac argraffwyd yng Nghymru
Y Lolfa Cyf., Talybont, Ceredigion SY24 5HE
gwefan www.ylolfa.com
e-bost ylolfa@ylolfa.com
ffôn 01970 832 304

Cynnwys

Rhagair

Cefais ei gweld unwaith, a hynny yng Nghae'r Gors ei hun. Roedd hi'n bedwar ugain oed, a minnau'n ddeuddeg. Yr achlysur oedd Kate Roberts yn cyflwyno ei chartref i'r genedl, ac roedd y lle dan ei sang. Cefais lofnod yr hen wreigan yn y clogyn brethyn Cymreig a'r het fawr. Gwnaeth y cyfarfod argraff arnaf a pheri i mi ystyried Kate Roberts fel rhywun o bwys, person oedd wedi byw yn lleol, ac wedi rhoi Rhosgadfan ar y map. Parodd i mi ymfalchïo yn fy ardal. Falla ei fod o'n lle llwm, ond roedd wedi magu athrylith.

Mae llun ohonof yng Nghae'r Gors ddeng mlynedd yn ddiweddarach. Llun gwael ydyw o Mam a fi yn yr adfail, ger y simdde fawr. Erbyn dechrau'r wythdegau, roedd ymdrech wedi ei wneud i roi llechen ar flaen y tŷ yn rhestru ei gweithiau llenyddol. Ond y llechen uwchben y lle tân ro'n i yn ei lecio. Roedd dyfyniad o'r *Lôn Wen* arni,

> Yr ydym yn ddiddos yn y gwely a 'nhad a mam wrth y tân o dan y simdde fawr.

Hoffwn ddiddosrwydd y syniad, ac mai hon oedd yr union simdde fawr honno. Falla nad oedd to ar yr adfail, ond roedd y waliau yn dal i sefyll. Drwy'r ffenest gwelwn yr union olygfa y gwelodd Kate ei hun yn blentyn... Gallwn ddychmygu sut le ydoedd ar ddechrau'r ugeinfed ganrif.

Ugain mlynedd yn ddiweddarach, mae'r gwaith adfer wedi ei gyflawni. Cafodd Cae'r Gors ei weddnewid, a does dim angen dychmygu. Mae tân yn y simdde fawr unwaith eto, a phopeth yn ei le. Mae Cae'r Gors wedi ei ddiogelu ar gyfer y dyfodol. Mae byrddau arddangos drws nesaf, lle bu'r fuwch yn cysgodi gynt, ac mae canolfan ddehongli fodern yn atodiad i'r tŷ. Daw plant ac oedolion o bob cwr o Gymru i dalu gwrogaeth i 'Frenhines ein Llên', ac mae'n adnodd mor werthfawr.

Syndod yw meddwl fod canrif wedi mynd ers cyhoeddi cyfrol gyntaf Kate Roberts, *O Gors y Bryniau*. Bu'r gyfrol allan o brint, ac ym mlwyddyn y cofio, da yw ei hailgyhoeddi. Cors y Bryniau yw enw'r chwarel y bu tad Kate yn gweithio ynddi. Mae'r gyfrol wedi ei chyflwyno 'i goffadwriaeth Richard Hughes Williams' neu 'Dic Tryfan' (1878-1919), awdur o Rosgadfan a ragflaenodd Kate gan sgwennu straeon byrion gyda chefndir chwarelyddol.

Naw stori sydd yma, ac mae cyfle i chi eu darllen o'r newydd, fel darllenwyr eiddgar 1925, oedd am flasu cynnyrch yr athrawes ifanc oedd erbyn hynny yn dysgu yn Aberdâr. Mae Kate wedi gadael ei hardal enedigol, wedi gorffen yn y coleg, ac wedi byw yng nghymoedd y De ers deng mlynedd. Mae effaith y chwarel ar y straeon, neu fel dywedodd Alan Llwyd,

> Mae [y chwarel] yn bresenoldeb bygythiol, bythol-barhaol… yn cynnal ac yn dial, yn achlesu ac yn gormesu, ar yr un pryd. Y chwarel… sy'n rheoli'r chwarelwyr a'u teuluoedd; hi sy'n gwau eu tynged, yn pennu eu ffawd. Mae hi'n wrach sy'n hudo ac yn rheibio, yn llithio ac yn lladd.[1]

Fel y noda Alan Llwyd, y tair stori gyntaf yn y gyfrol yw tair stori fer gyntaf yr awdures pan oedd yn ddeg ar hugain oed. Cawsant eu hanfon i gystadleuaeth 'Tair Stori Fer' yn Eisteddfod Genedlaethol Caernarfon ym 1921, a'u gosod ar waelod yr ail adran gan R Dewi Williams. Nid oedd Kate yn fodlon ar y feirniadaeth, felly anfonodd ddwy i Eisteddfod Manchester. Beryg y byddai Kate wedi anobeithio petae wedi cael ail fethiant. Ond mae ein dyled yn fawr i W J Gruffydd, a ddyfarnodd y ddwy stori yn gydradd gyntaf, gyda sylwadau calonogol. O ganlyniad, mae gennym y gyfrol hon. Meddai Bobi Jones amdani,

> …dichon mai yn y gyfrol gyntaf honno yr ymdeimlwn orau â'r chwyldro [a greodd ym maes y stori fer] ac y canfyddwn y llenor ifanc yn ymhyfrydu'n ffres yng ngwefr ei darganfyddiad.[2]

---

1 *Cofiant Kate Roberts*, Alan Llwyd, Y Lolfa, 2011, tud 85.

2 *Kate Roberts, Ei Meddwl a'i Gwaith*, Gol. Rhydwen Williams, Christopher Davies, 1983, tud 99.

Mae'r straeon yn torri tir newydd. Mae yna ddeialog fywiog yn pefrio drwyddynt sy'n peri i'r cymeriadau ddod yn fyw. Ac mae synhwyrau yr awdures hon mor effro. Mor debyg yw'r brawddegau hyn i'r rhai sy'n agor *Traed Mewn Cyffion*,

> Nid oedd dim sŵn i'w glywed, dim ond sŵn gwres, a sŵn ambell ddarn o rwbel yn syrthio o ben tomen y chwarel i lawr. Ac ni wnâi hynny ond gwneuthur distawrwydd yn ddistawach.[3]

Maent hefyd yn straeon hygyrch. Mae'r iaith yn gyhyrog ac yn gyfoethog, ac mae wedi dal ffordd o siarad cymdogaeth y chwarel,

> Nag oeddan, m'wn; ma gynnoch chi rai acw sy'n ormod o lechgwn i ddeud dim yn ych gwynab chi, ond ma'n nhw'n ddigon parod i neud bwch dihangol o fy Huw i.[4]

Ysgrifennai Kate Roberts fel hyn ddeugain mlynedd cyn cyhoeddi *Un Nos Ola Leuad*.

Yr un pryd ag yr oedd T H Parry Williams yn arbrofi efo cynnwys geiriau llafar yn ei farddoniaeth, roedd Kate Roberts yn gwneud defnydd helaeth ohonynt,

> …gobeithio na thwllith neb drwy'r giât yna, nes bydda i wedi

3 'Y Man Geni', *O Gors y Bryniau*, Hughes a'i Fab, 1925, tud 14.

4 'Prentisiad Huw', *O Gors y Bryniau*, tud 15.

> golchi'r clwt diwetha ar y llawr yma, a chael slemp ar fy ngwynab fy hun wedyn.[5]

Brenhines yr ateb brathog, plaen yw Kate Roberts o'r cychwyn cyntaf. Fel y dywed Ann Jôs yn *Prentisiad Huw*,

> Tasa hi'n golchi'i hun, fasa hi ddim ar fy ffor i nag ar ffor Betsan...

Drwy *O Gors y Bryniau*, gwelir dawn Kate Roberts i ddisgrifio cymeriad yn y modd na all neb arall ei wneud, a dyma nodwedd y gwir artist,

> Nid dynes gyffredin fel chwi a minnau oedd Ann Jôs. Nid oedd mynydd a phant yn ei meddwl hi o gwbl. Yr oedd fel y gwastadedd a orweddai rhyngddi a'r môr.[6]

Er mai y rhain yw ei straeon cyntaf, mae ganddi hyder yn ei llais, ac mae ei chymeriadau yn barod eu hateb, gyda'r dweud yn finiog. Dyma awdures sy'n feistr ar ei chyfrwng, yn gyfarwydd efo tirwedd y chwareli, ac sy'n nabod ei phobl. Gan ei bod yn ferch, cawn weld y gymuned hon drwy lygaid gwraig am y tro cyntaf, ac mae hynny yn torri tir newydd. Hawdd gweld mai ym maes y ddrama y bu ei phrentisiaeth.

Newidiwyd teitl 'Y Chwarel yn Galw'n Ôl' i 'Hiraeth'

---

5 'Prentisiad Huw', tud 21.

6 Ibid, tud 22.

erbyn cyhoeddi *O Gors y Bryniau*. Yma, lleolir y stori yng nghymoedd y De, yn 'Pentre'r Glo'. Chwarelwr ydi John Robaits wedi mudo i'r De i gael gwaith yn y pwll glo, fel cynifer o chwarelwyr y cyfnod. Ceir manylder yn y disgrifiad o'i wisg, ddaw yn nodwedd o waith Kate Roberts, ond mae hefyd yn defnyddio'r manylder i ddangos y gwahaniaeth rhwng y ddau ddiwydiant.

> Yn lle'r goler ledr a wisgai am ei wddf yn y chwarel ers talwm, yr oedd crafat coch a du a glymai dan ei ên, wedi dau dro o amgylch ei wddf. Am ei draed yr oedd esgidiau hoelion mawr – heb arlliw llwch llechi yn y tyllau careiau hyd yn oed.[7]

Colli ei goes mewn damwain dan ddaear yw tynged John Robaits yn y stori, a'i wraig yn teimlo'n euog na fyddai wedi gwrando ar ei gŵr a dychwelyd i'r Gogledd fel y dymunai ef. Dyma'r frawddeg sy'n cloi'r stori,

> Yn ei chlust yr oedd sŵn dwy droed drom ar y palmant, a hwnnw'n darfod yn y pellter draw.[8]

Mae'r dweud mor gynnil, hyd yn oed yn ei straeon cynnar, a'r cynildeb hwn ddaeth i nodweddu straeon Kate Roberts. Mae ei phum synnwyr ar waith. Yn 'Henaint', y stori olaf, dyma eiriau'r llefarydd ar y dechrau,

---

7 'Hiraeth', tud 35.

8 'Hiraeth', tud 45.

> Ond heno, mi fedrwn ddweud wrthych, nid beth a ddigwyddodd [...] ond mi fedrwn ddweud sut oglau oedd ar yr hen ysgol ac ar yr hen lyfrau tamp rheini yn y cwpwrdd wrth y drws.[9]

Fel y nododd ei hen gyfaill, Gwilym R Jones,

> Rhaid fod ei holl synhwyrau yn eithriadol effro pan oedd hi'n eneth ac yn ferch ifanc, yn sylwi ar ei theulu a'i chymdogion yn ymateb i'w gilydd mewn argyfyngau ac mewn bywyd normal, a bod ei hisymwybod wedi cadw cofnodion manwl iawn o ddigwyddiadau a dywediadau yn ystod blynyddoedd yr argraffiadau.[10]

Didwylledd y profiad sydd wastad yn ein synnu. Yn stori 'Henaint', ceir yr atgof byw hwn,

> Ac mi deimlais gyffyrddiad bodis melfed fy athrawes ar ochr fy wyneb wrth iddi farcio fy syms.[11]

Mae o'n mynd â'ch gwynt chi.

Mae 'Yr Athronydd', a gyhoeddwyd gyntaf yn *Yr Efrydydd*, yn mynd â ni i dir gwahanol, arallfydol, sy'n dangos fod ganddi fwy nag un tant i'w thelyn. Ond sylfaen y stori yw

---

9 'Henaint', tud 117.

10 *Kate Roberts, Ei Meddwl a'i Gwaith*, Christopher Davies, 1983, tud 23.

11 'Henaint', tud 117.

un frawddeg ddirdynnol a gaiff ei hyngan gan gymdoges, sef y frawddeg agoriadol,

> Hiraeth ofnadwy ydi hiraeth mam ar ôl plentyn sugno.[12]

Tua'r amser yma mae'r ohebiaeth rhwng Kate a Saunders Lewis yn cychwyn, sy'n datblygu yn gyfeillgarwch hollbwysig i'r ddau, ac yn ffynhonnell adborth hanfodol. Medd Saunders Lewis,

> Mae 'Newid Byd' yn braw eich bod yn tyfu'n gyflym yn feistres ar y ffurf, ac mae'n ddigon gwell na dim arall o'r fath a welais i yn Gymraeg.[13]

Dywed Alan Llwyd, 'Darganfod yr addewid a wnaeth W J Gruffydd, ond darganfod yr athrylith a wnaeth Saunders Lewis.'

Stori am hen chwarelwr o'r enw Wiliam Gruffydd, a fynta'n weddw, yn hiraethu am ei waith yn y chwarel yw 'Newid Byd'. Mae'r stori yn agor drwy gyfeirio at sŵn, fel y gwna Kate Roberts mor aml, '…a sŵn traed a siarad chwarelwyr i'w glywed fel sŵn gwenyn yn y pellter agos.'[14]

Hawdd iawn fyddai ymdrin â'r thema honno'n unig,

---

12 'Yr Athronydd', tud 49.

13 *Cofiant Kate Roberts*, Alan Llwyd, Y Lolfa, 2011, tud 91.

14 'Newid Byd', *O Gors y Bryniau*, tud 65.

ond byddai perygl cwympo i gors sentimentaleiddiwch a rhamantu'r gorffennol. Gochel rhag gwneud hynny mae Kate, a wynebu gwirioneddau cas bywyd. Yn y stori, mae tynfa Wiliam Gruffydd i'r chwarel yn mynd yn drech nag o, mae'n gwisgo ei esgidiau hoelion mawr ac aiff yno. Caiff dasg ysgafn gan y stiward bach, ond dydi pethau ddim yr un fath. Yn un peth, mae Wiliam yn anghofio ei ginio, ac er fod eraill yn rhannu eu bwyd ag o, mae dyn arall yn eistedd yn ei le. Mae'n cael ei drechu yn y sgwrs, ac yn tawelu, does dim byd yn mynd yn iawn. Mae'r stori yn gorffen gyda sylwadau chwerw yr hen chwarelwr,

> Celwydd bob gair ydi deud [...] bod bwlch mawr ar ôl dynion yn y byd yma. Tasan nhw'n fylcha mawr, fasan nhw ddim mor hawdd 'u cau. Fedar neb ailagor adwyon wedi 'u cau unwath ym myd pobl, beth bynnag.[15]

Ac mae hynny yr un mor wir ag ydoedd gan mlynedd yn ôl.

Fy ffefryn o'r holl straeon yn y gyfrol hon yw 'Pryfocio'. Wedi maith bwyso gan Saunders Lewis, fe ymddangosodd y stori ganddi yn *Y Llenor*, yng Ngaeaf 1923. Stori sy'n cychwyn yn herfeiddiol yw hon, gyda'r gosodiad, 'Hen gnafon hunanol ydi dynion.' Noda Alan Llwyd fod adolygydd wedi dweud iddo glywed fod y stori 'wedi peryglu gobaith

15 Ibid, tud 76.

Miss Roberts o gael gŵr'. Pwy fyddai'n chwennych gŵr wedi darllen y fath stori sy'n ddirgelwch.

Darllenwch y stori, a dod i'ch casgliad eich hun, ond byddai'r rhan fwyaf o ddarllenwyr yn cytuno ei bod yn feiddgar, ac ymhell o flaen ei hamser. Doedd neb arall ym 1923 yn trafod trais yn y cartref a hunanladdiad!

Erbyn 1925, roedd gan Kate ddigon o straeon i'w cyhoeddi yn llyfr, ac roedd Saunders Lewis yn bleidiol i'r syniad.

> Pan gasglo hi ei straeon yn llyfr, mi obeithiaf y dyd hi ar ddiwedd pob un ddyddiad ei sgrifennu. Hynny'n unig a amlyga'n iawn y ddisgyblaeth lem, yr ymchwil a'r ymfeirniadu, a fu rhwng pob stori a gyfansoddodd.[16]

Gwnaeth Kate Roberts hynny, ac rydym wedi cadw'r dyddiadau yn yr argraffiad hwn.

Cewch weld eich hun y datblygiad graddol yn y straeon.

O ran cefndir ffeithiol y straeon, mae'n tynnu yn ddwfn ar brofiad personol. Mae'r stori gyntaf, 'Y Man Geni', yn adrodd hanes Tomos yn gadael yr ysgol yn ifanc i fynd i weithio yn y chwarel. Roedd profiad go iawn Owen Roberts, tad Kate, yn fwy dramatig. Pan oedd yn naw oed, meddai'r awdures yn *Y Lôn Wen*, aeth yn sgarmes rhyngddo a'r ysgolfeistr, 'a hitiodd fy nhad ef yn ei ben efo riwler'.

---

16 *Cofiant Kate Roberts*, Alan Llwyd, Y Lolfa, 2011, tud 97.

O ganlyniad, mynd i'r chwarel wnaeth o drannoeth yn hytrach na mynd i'r ysgol.

Tua diwedd 'Y Man Geni', sonnir am y taid yn dweud hanes marw ei fab hynaf sawl gwaith.

> Mi fuon heb ga'l 'i gorff o am dair wsnos, a'i arch yn y chwaral o hyd.[17]

Deuddeg oed oedd Tomos pan lladdwyd o, a bu'n gweithio yn y chwarel ers tair blynedd. Dyma brofiad taid Kate Roberts yntau. Bu farw ei fab, Robert Owen Roberts, (brawd hynaf Owen Roberts, tad Kate) yn ddeuddeg oed yn y chwarel, ddeuddydd cyn y Nadolig. Buont fis heb gael ei gorff yntau.

Ond yr hyn a ddengys ei champ yn fwy na dim yw'r ffaith fod modd cyhoeddi *O Gors y Bryniau* eto, ganrif yn ddiweddarach, gan wybod fod y straeon am gael eu mwynhau gan genhedlaeth newydd. Efallai fod y chwareli wedi cau, ond yr un yw natur pobl, a dyna wir ddeunydd Kate Roberts.

Er mai unwaith y cefais ei gweld yn y cnawd, mae Kate Roberts yn ymweld â mi'n gyson. Er i mi astudio ei gwaith yn yr ysgol a'r coleg, a darllen ei chyfrolau sawl gwaith, dydw i byth yn blino arni. Mae ganddi straeon ar gyfer pob math o emosiynau, ac ni welais ei thebyg am bortreadu

---

17 'Y Man Geni', *O Gors y Bryniau*, tud 15.

gallu cymdeithas i godi uwchlaw gofidiau bywyd. Pan fydd pethau yn mynd yn drech na mi, dwi'n estyn am un o'i chyfrolau, ac maent yn gystal 'therapi' i mi ag unrhyw gyfrol gyfoes. Mae'n deall, yn cydymdeimlo, yn ei dweud hi fel ag y mae, fel nad ydi merched – yn enwedig – yn teimlo mor ddieithr yn y byd hwn. Yn fwy na dim, mae ganddi rywbeth newydd i'w ddweud, bob tro, yn ddi-ffael.

Boed i'r argraffiad hwn gyflwyno gwaith Kate Roberts i genhedlaeth newydd, gan ail-danio'r diddordeb yng Nghae'r Gors – lle cychwynnodd y cyfan.

Angharad Tomos
Penygroes, 2025

'Yn rhyfedd iawn, ar hyn o bryd, rydw i'n breuddwydio am Gae'r Gors o hyd – ble bynnag rydw i'n mynd dwi'n dod yn ôl yno, a dwi'n gweld trên, ac mae'r trên yma'n mynd i fyny i Rosgadfan… ac i Gae'r Gors rydw i'n mynd.'

Kate Roberts, mewn cyfweliad
efo Gwyn Erfyl ym 1976.

Y Man Geni

"THÂL HI DDIM fel hyn," ebe'r Prifathro, gan droi nifer o bapurau. "Dyma chi, bron yng ngwaelod y clàs ar ddiwedd eich ail flwyddyn, a chitha yn uchaf yn y sir yn dŵad i mewn."

Ni wnaeth Tomos ddim ond rhoi ei droed chwith ar gefn ei droed dde, yn lle bod ei droed dde ar gefn ei droed chwith o hyd.

"Oes yna ryw reswm dros hyn?" ebe'r Prifathro drachefn. "Ydach chi yn gneud rhyw waith, neu rywbeth sydd yn rhwystr i chi ddysgu?"

"Nag ydw, Syr," ebe Tomos.

Edrychodd y Prifathro allan drwy'r ffenestr, oherwydd ped edrychasai ar Domos, buasai'n rhaid iddo edrych un ai ar y man geni oedd uwchben ei lygad chwith, neu ar y clwt mawr oedd ar ben glin ei drywsus. Gwnaeth hyn Domos yn hapusach ynteu.

"Tydi hyn ddim yn deg â'ch mam, Tomos. Mae hi'n wraig weddw, ac yn gorfod gweithio'n galed i'ch cadw chi yn yr ysgol. Wel, mae hi'n gweithio'n gletach wrth gwrs na phetaech chi yn medru ennill tipyn hefyd. A hyd y gwela i, mi fydd yn rhaid iddi weithio'n galed ar hyd ei hoes, os na rowch chi eich meddwl ar waith."

Ni ddywedodd Tomos air. Yn rhyfedd iawn, y rheswm

a roddai'r Prifathro dros iddo weithio oedd y rheswm a barai iddo beidio. Gweld ei fam yn gorfod gweithio'n galed ac yntau'n ennill dim a wnaeth i Domos golli blas ar ei wersi. Pan oedd yn hogyn bach, dywedai ei dad bob amser mai mynd i'r chwarel i ennill bwyd yr ydoedd, a chredai'r bachgen hynny mor llythrennol, fel y byddai'n rhaid i'r tad gadw tipyn o'i fwyd chwarel, a dyfod ag ef adref yn ei dun i Domos bob dydd, a bwytâi yntau'r frechdan sych honno gydag awch gwas ffarm am ei frecwast. Pan laddwyd yr enillydd bwyd yn y chwarel ddwy flynedd cyn hynny y sylweddolodd Tomos fod yn rhaid i'r frechdan ddyfod o rywle heblaw o dun bwyd ei dad.

Ar ôl i Domos ennill yr ysgoloriaeth i'r Ysgol Sir y lladdwyd ei dad, ac o'r dydd hwnnw aeth dysgu'n boen arno. Wrth gysidro a chysidro o ba le y deuai'r frechdan y collodd ei awydd at ddarllen.

Gallai ddychmygu a gweithio dyrysbwnc yn iawn, ond ni allai gofio. A gan mai treiswyr y cof gafaelgar sy'n cipio'r deyrnas mewn arholiadau, deuai'r sgolor yn nes i waelod y rhestr nag i'r top.

Blinai hyn ei ysbryd; rhoddodd orau i weithio, ac aeth i fyw ar ei ddychmygion.

Felly'r diwrnod hwn, ni chafodd geiriau'r Prifathro fawr effaith arno, er iddo yn ei ŵydd, fwmial rhywbeth ynghylch addo gweithio'n galetach.

Ond yr oedd Tomos a'i feddwl efog o, ymhell cyn i'r meistr orffen ag ef, a chyn gynted ag y cafodd hyd i ochr arall drws yr ystafell, rhoddodd y meddwl hwnnw mewn gweithrediad. Penderfynodd redeg adref o'r ysgol, byth i ddychwelyd os câi ganiatâd ei fam. A pha'r un bynnag am hynny, gallai ei fam ddeall yn well na'r Prifathro.

Diwrnod poeth yn yr haf ydoedd – diwrnod wrth fodd beirdd a ffermwyr – ond nid diwrnod i hogyn ysgol, yn ôl tyb Tomos. Pasiodd ddegau o gaeau gwair, lle'r oedd dyn ac anifail yn chwys ac yn llafur. Ond ni chlywodd Tomos aroglau da'r gwair, na chwerthin y bobl.

Ar y ffordd newidiodd ei feddwl yn sydyn. Nid âi adref ar ei union. Yr oedd am fynd am dro i'r chwarel, a mynd adref at ei fam erbyn te. Felly troes o'r ffordd fawr, a cherddodd yn hamddenol ar hyd y llwybrau, gan feddwl, a meddwl, a meddwl. Nid oedd sŵn y gwenyn meirch a wibiai o amgylch ei wyneb yn ddigon i dynnu ei sylw oddi ar ei fyfyrdodau. Eithr rhedodd ei olwg yn ddiarwybod at wyneb gwyn tŷ ei fam yn y pellter, ei ddrws agored a'i fwg union yn mynd i fyny drwy'r corn. Cafodd amser i feddwl hefyd am y gwpaned de a gâi gyda'i fam ymhen dwyawr, oblegid cofiodd fod ei fam adref y diwrnod hwn. Nid âi allan i weithio i neb ar Ddifiau.

Dringo'r Foel wedyn, a'r haul yn boeth. Eisteddodd i lawr yng nghysgod gwal Pant y Ffrydiau – hen gartref ei dad a'i daid. Gorweddodd gan roi ei ben i orffwys ar dwmpath mwsogl. Nid oedd dim sŵn i'w glywed, dim ond sŵn gwres, a sŵn ambell ddarn rwbel yn syrthio o ben tomen y chwarel i lawr. Ac ni wnâi hynny ond gwneuthur distawrwydd yn ddistawach. Canodd corn y chwarel – y corn un. "Dyna rywrai yn ailafael yn eu gwaith," ebe Tomos gan gau ei lygaid. Pe gwelsech ef y munud hwnnw, fe welsech wyneb diniwed, hardd oni bai am y man geni (er, yn wir, bod hwnnw'n ychwanegu rhyw swyn ato), a thalcen y gallasech broffwydo dyfodol disglair i'w berchennog, ond nid oedd digon ym mhennau'r defaid i weled dim byd felly, ac aethant ymlaen efo'u pori heb gyffro'n y byd.

Fe'i gwelai Tomos ef ei hun eto yn hogyn bach bach yn eistedd ar y stôl gron wrth y tân gartref, ar noson oer yn y gaeaf. Ei dad yn eistedd yn y gadair freichiau wrth ei ochr, a'i wyneb yn rhyw led droi oddi wrtho (yr oedd yr un anaddurn ar ei wyneb yntau), ei fam gyferbyn a chymydog ar gadair arall. Adrodd yr oedd ei dad stori a glywsai'r bachgen ddegau o weithiau erbyn hyn. "Mi glywis 'y nhad yn 'i deud hi ddega o weithia."

Dyna fel y dechreuai tad Tomos bob amser. "Doeddwn i ddim wedi fy ngeni," âi ymlaen, "ond mi glywis 'y nhad yn deud hanas Tomos, 'i fab hyna, lawar gwaith, fel yr a'th o allan at y beudy un nos Sul wedi dŵad o'r capal, ac fel y rhoth rhyw hen dderyn mawr dair sgrech wrth 'i ben o. Mi redodd yr hogyn i'r tŷ wedi dychryn am 'i hoedal, a deud wrth Mam nad âi o ddim i'r chwaral drannoth – bod rhwbath yn siŵr o ddigwydd. 'Taw â chyboli,' medda mam, 'coel gwrach ydi peth fel 'na.' Wel, mynd i'r chwaral ddaru o beth bynnag, ac mi ddoth ffôl fawr i lawr, ac mi claddwyd ynta dani. Mi fuon heb ga'l 'i gorff o am dair wsnos, a'i arch yn y chwaral o hyd. Ia wir, fachgan, ma hi dipyn gwahanol rŵan. Deuddag oed oedd Tomos pan gafodd o 'i ladd, ac yn gweithio ers tair blynadd. Ar 'i ôl o y galwyd fi yn Tomos, wsti, y fi anwyd nesa ato fo."

Clywai Tomos lais ei dad – y llais nas clywsai ers cymaint. Cododd yn sydyn ar ei eistedd gan ddisgwyl gweled; ie, ond cofiodd mai ar y mynydd yr ydoedd. "Rhaid imi frysio i fynd adra at de," ebe fe wedyn, "ond am dro i'r chwaral gynta."

Dringodd yn araf ar hyd godre tomen y chwarel. Toc, daeth at ben y twll, a gwelai'r dynion ar y gwaelod yn fychain, bach, ac eto, yr oedd y dynion bychain, bach, yn gweithio'n galed; yn tyllu, yn tyllu, yr un amser, yr un mesur, o hyd, o hyd. A chwysai Tomos drostynt ar y lan.

Dechreuodd feddwl am ei dad, am y breuddwyd; oni buasai'n well pe buasai yntau'n gweithio yn y chwarel efo'i ddwylo, yn lle meddwl o hyd? Dechreuodd y twll droi a'r dynion i'w ganlyn. Aethant yn bellach, bellach. Collodd Tomos ei ben, syrthiodd i lawr—a—

*

Tua deg o'r gloch y noson honno, eisteddai mam Tomos wrth y tân gyda chymdoges. Buasai degau o bobl yno er pedwar y prynhawn, ac erbyn hyn yr oedd pob man cyn ddistawed â'r corff bach, oer yn y siamber. Gwrandawai'r ddwy ar dip y cloc, a thip hwnnw'n arafach ac yn drymach y noswaith honno. Ni thorrai dim arall ar y distawrwydd, ond ocheneidiau dwys y fam.

Ebe Gwen Jones yn y man, "Faint sydd er pan laddwyd brawd Tomos Jôs yn y chwaral?"

"Ma deugian mlynadd reit siŵr," ebe'r fam.

"Felly'r o'n inna'n meddwl. Tomos o'dd 'i enw ynta hefyd, yntê?"

"Ia, Tomos anwyd gynta wedyn. Llawar y clywis i Nain yn sôn am y ddamwain honno."

Ac fel un yn deffro o hunllef,

"Ac mi ro'dd gin y Tomos cynta fan geni wrth ben 'i lygad chwith fel fy nau Domos inna."

Ebrill, 1921

Prentisiad Huw

Bore dydd Llun ydoedd, a bore diwrnod golchi mewn llawer tŷ yn Rhos y Fawnog. Yn Nhir Brith yr oedd y badell olchi ar ganol y llawr ar hen focs sebon ers chwech y bore – neu, beth bynnag, er pan gychwynnodd Effraim Jôs i'r chwarel. Ar ganol llawr y gegin y golchai Ann Jôs bob amser, am y rheswm syml nad oedd ganddi dŷ golchi. Wrth edrych ar y llawr, yr oedd yno lanast anghyffredin. Ond ped edrychech dipyn o'ch cwmpas fe welech ôl eli penelin ar bopeth. Llanast ar yr wyneb oedd llanast Tir Brith, a hawdd oedd clirio llanast felly ar ôl gorffen golchi. Ac yn wir, yr oedd gan Ann Jôs waith golchi caled. Dygai dillad Effraim Jôs dystiolaeth i'r chwys a'r llafur ar waelod Twll Mawr y Fenlas.

Wedi bod yn chwythu'r tân am sbel, rhoddodd Ann Jôs bwniad efo'r stwnsiwr i'r dillad gwynion oedd yn ffrwtian ac yn ffritian ac yn gollwng glafoerion dros ên ddu'r sosban. "Rŵan amdani," ebe hi, "a gobeithio na thwllith neb drwy'r giât yna, nes bydda i wedi golchi'r clwt diwetha ar y llawr yma, a chael slemp ar fy ngwynab fy hun wedyn."

Wrth rwbio'r dillad yn ôl a blaen ar hyd y golchwr, caiff pob dynes amser i feddwl; a rhedai meddwl Ann Jôs y bore hwnnw rhag ei gwaethaf at y diwrnod cynt. Nid oedd Huw, ei mab, fel efe ei hun y diwrnod hwnnw. Prentis mewn siop frethyn yn y dref oedd Huw, a deuai adref i fwrw pob Sul.

Y Sul dan sylw, ni cheid gair ganddo am arian. Fel arall y byddai ef fel rheol, a gormod ganddo i'w ddywedyd, ac mewn tŷ lle na chlywid ond grwndi'r gath ar hyd yr wythnos yr oedd hynny'n beth amheuthun iawn. Ond yr oedd rhywbeth yn bod y Sul hwnnw. Nid oedd Huw yn cadw reiat. Mynych y dywedasai ei dad ar y Sul fod y chwilen a'i thraed i fyny ym mhen Huw. Eithr cofiai ei fam heddiw i Effraim ddywedyd wrth Huw y diwrnod cynt nad oedd y chwilen na'i thraed i lawr na'i thraed i fyny. A hi'n myfyrio fel hyn, dyma glic ar y llidiart, a dyma Elin Wmffras, Bryn Sais, i mewn, wedi ymwisgo yn ei dillad noson waith, a'i ffedog ddu o'i blaen, a'r ffasiwn dro yn ei gwefus, fel pe heb weld diwrnod golchi erioed yn ei bywyd.

"Rydach chi allan yn fora iawn ar fora dydd Llun," ebe Ann Jôs.

"Ydw," ebe Elin Wmffras, "ma Betsan Tŷ Newydd acw'n golchi, a mi feddylis y baswn i'n picio draw at yma am funud er mwyn iddi ga'l lle."

"Tasa hi'n golchi'i hun, fasa hi ddim ar fy ffor i nag ar ffor Betsan," ebe Ann Jôs yn ei meddwl.

"Rydw i wedi mynd na fedra i ddim golchi," meddai Elin Wmffras. "Mi fasa'n rhyfadd iawn gin i weld neb yn golchi imi cyn i Gwilym fynd yn brentis i Siop Huws."

"Wel, ers pan mae Huw yn siop Huws yr ydw i yn gorfod ymroi ati," ebe Ann Jôs. "Peth digon gwael ydi prentisio hogia mewn hen siopa; mae arnyn nhw eisio cimin o ddillad a phres pocad. Ond mi rydach chi'n cofio fel roedd hi yn yr hen chwareli yma pan yrris i o yno, dim cyflog jest, a ro'n i am dreio cael rhwbath amgenach na'r chwaral i Huw. Ond rŵan, ers pan ma petha wedi siarpio dipyn, ma'n 'difar gin i na fasa fo yno efo'i dad. A deud y gwir i chi, fydda i'n gweld dim byd delach na chwarelwr del."

"Wir, fydd Gwilym acw byth yn cwyno am bres pocad, chwara teg iddo fo, mae o'n un da iawn am hynny."

"Wel, mi fydda i'n gofalu am roi digon o bres pocad i Huw 'ma, rhag ofn iddo fo weld 'i wyn ar bres rhywun arall – ac ma ar hogia ar 'u prifiant fel hyn eisio rhwbath i fyta o hyd – yn enwedig pan ma'n nhw mewn lle sy'n llwgu plant pobol."

"Ma Gwilym ni yn canmol 'i le yn arw, ac yn deud bod Miss Huws yn paratoi tamad da i'r hogia bob pryd."

"Fel arall y bydd Huw yn deud am 'i bwr' hi, ac ma hynny'n beth rhyfadd iawn, a nhwtha yn byta odd'ar yr un bwr'; ond fel yna ma hi; ma lot yn dibynnu ar beth ma'r plant wedi arfar ga'l adra," ebe Ann Jôs, gan gymryd benthyg tro Elin Wmffras yn ei gwefus am dro.

"Ydi," ebe Elin Wmffras, heb weld yr ergyd, ac mewn brys i newid y testun. "A sut *ma* Huw? Ro'dd Gwilym yn deud nad oedd o ddim hannar da tua'r Sadwrn, a ro'n i'n gweld golwg reit wael arno fo yn y capal ddoe fy hun."

"Chlywis i mono fo'n cwyno o gwbl, a mi ro'dd o'n byta'n harti fel bydd o arfar, bob amsar adra." Hyn heb ollwng y gath o'r cwd ynghylch ei ddistawrwydd.

"O, wel, gobeithio 'i fod o'n iawn. Do'n i ddim rhyw dawal fy meddwl rwsut, heb ddŵad draw i edrach rhag ofn 'i fod o'n sâl."

"Mi gychwynnodd at 'i waith yn gynt nag arfar heddiw, ac yn chwibianu mor glonnog â'r gog."

"O, da iawn wir, gobeithio ceith o fywyd ac iechyd."

"Besdad i'r ddynas?" ebe Ann Jôs wrthi ei hun.

Ymhen sbel, cododd Elin Wmffras i fynd, a safodd am hir iawn i edrych ar Ann Jôs yn gwasgu'r cynfasau allan o'r dŵr lliw glas. Nid oedd dim llai nag edmygedd yn ei llygaid wrth edrych ar ei chymdoges fedrus yn cyfrodeddu'r gynfas am ei braich, yn union fel yr ymgyfrodedda neidr am y pren.

Pan ollyngodd yr olaf ochenaid, ni wyddys yn iawn pa un ai oherwydd myned o Elin Wmffras yr oedd, ai ynte oherwydd bod y dillad gwynion, beth bynnag, yn barod i fynd allan.

Wrth daenu'r dillad ar yr eithin melyn, ni allai Ann Jôs beidio â meddwl am neges Elin Wmffras yno'r bore. Nid i fod oddi ar ffordd yr olchwraig y daeth yno. Yr oedd yn sicr yn ei meddwl o hynny. Felly, wrth edrych o gyfeiriad y twmpath eithin at y tŷ, nid oedd yn rhyfedd ganddi weld dyn dieithr yn troi trwy'r llidiart. Dechreuasai y dydd Llun yma o chwith, ac ni byddai'n syn ganddi, felly, ddigwydd o rywbeth mawr cyn y nos. Gadawodd y dillad ar hanner eu taenu ac aeth at y tŷ. Meddyliodd unwaith am dynnu ei ffedog fras, ond cofiodd am y clwt mawr oedd ar du blaen ei sgert. Ac er ei bod yn un o'r merched hynny sy'n hoffi clwt blêr yn well na thwll del, eto ni thynnodd ei ffedog gan iddi ei rhoi yn lân y bore hwnnw.

"Mrs Jones," ebe'r dyn dieithr, "mam Huw Jones sy'n brentis acw 'ntê?"

"O, Mr. Huws, chi sy 'na? Dowch i mewn, ac at y tân, os medrwch chi gamu tros y petha 'ma," gan roi cic i rai o'r dillad.

"Na, dim diolch, fe wnaiff hon y tro i mi," gan eistedd ar gadair wrth y drws, fel pe'n falch o gael cadair.

"Ma'n ddrwg gin i bod 'ma ffasiwn lanast," ebe Ann Jôs, a'i gwefus isaf yn crynu, oblegid gwyddai, erbyn hyn, i rywbeth ddigwydd i Huw; ond ceisiai feddiannu ei henaid.

"Ma'n debyg na wyddoch chi ddim be 'di byw mewn tŷ lle nad oes yno ddim tŷ golchi?"

"Dwn i ar y ddaear lle bydd yr hogan acw'n golchi; fydda i byth yn boddro ynghylch petha felly," ebe Huws.

Er pan ddaeth i mewn, cymerasai Ann Jôs sylw manwl

ohono – rhwng cromfachau, megis – oblegid ni welsai feistr Huw o'r blaen. A barnu oddi wrth ei olwg, nid oedd dim yn debyg i siopwr ynddo, yn ôl ei barn hi. Meddyliai fod ei Huw hi yn amgen siopwr o'r hanner. Yr oedd golwg bryderus arno heddiw – yn fwy felly nag arfer. Yr oedd rhywbeth heblaw arian yn ei boeni. Ebe fe o'r diwedd, "Ma'n debyg, Mrs. Jones, bod yn syn gynnoch chi 'ngweld i yma'r bore 'ma?"

"Dyna jest be o'n i'n feddwl rŵan."

"Ma'n reit gas gen i ddeud wrthach chi nad ydi Huw a finna ddim yn rhyw gyd-dynnu'n dda iawn."

"O."

"Nag ydan; bachgan go anodd 'i drin ydi o."

"Ma hynny'n dibynnu ar y sawl sydd *yn* 'i drin o."

"Nag ydi, wir, mi goelia i ma fel'na basa Huw efo pawb."

"Fydd o byth yn anodd 'i drin adra, ac ma Effraim a minna'n rhywun, Mr. Huws."

"O wel, Mrs. Jones, ma gwahaniath rhwng plant gartra ac oddi cartra. Fel rheol, y rhai sydd ora adra, sydd waetha pan dro nhw'u cefna ar 'u rhieni."

"Ma hynny'n dibynnu ar y lle'r â'n nhw iddo fo, Mr. Huws."

"Ta waeth am hynny, ma hogia wedi mynd i feddwl rŵan mai nhw 'di'r meistri, ac mai ni ydi'r gweision. Pan o'n i'n hogyn welis i 'rioed was yn meiddio gneud yr hyn ma hogia rŵan yn 'i neud."

"Ella bod gwahaniaeth yn y meistri, Mr Huws?"

"Uwd ne fara llaeth fydda 'mrecwast i bob amser, ond ma hogia rŵan yn troi 'u trwyna ar fara a menyn i frecwast."

"Nac ydyn, Mr Huws, os *cân* nhw fara menyn."

"Wel, bara a margarîn, ynta – mae o'n ddi-fai i ddannadd crymffastia fel Huw yma. Welis i ddim menyn erioed, ond i de, pan o'n i'n llafn."

"Ella ma dyna'r rheswm na fasa tempar well arnoch chi efo'r ddynoliaeth sy rŵan, Mr Huws. Ma'n rhaid cael rhwbath gwell nag uwd a bara llaeth i fagu coesau i redag ar negesi i siopwrs sy rhy grintachlyd i gadw ceffyl a char i'w danfon."

"Ta waeth," ebe Huws yn wyllt, "y rheswm pam dois i yma'r bora yma ydi, i ddeud fod petha wedi mynd yn rhy bell. Mi alwodd fy chwaer arna i i lawr i'r gegin ganol dydd Sadwrn, a dyna'r lle roedd Huw a'i lygaid yn melltennu – wedi codi *row* fawr ynghylch y bwyd – deud bod yr unig sosej gafodd o i ginio wedi mynd yn ddrwg, a deud na fyta fo byth ffasiwn sothach."

Mewn gwirionedd, disgrifiad gwan iawn o'r twrw oedd hynna. Eithr dyn anfarddonol, a rhy urddasol i ddefnyddio geiriau mawr oedd Huws. Gallai Gwilym, Bryn Sais, ei wneud allan o wynt yn hyn, fel mewn llawer peth arall, a'i ddisgrifiad ef i glustiau awchus ei fam nos Sadwrn oedd bod yno "andros o *row*".

"Doedd yr hogia erill yn cwyno dim," âi ymlaen.

"Nag oeddan, m'wn; ma gynnoch chi rai acw sy'n ormod o lechgwn i ddeud dim yn ych gwynab chi, ond ma'n nhw'n ddigon parod i neud bwch dihangol o fy Huw i."

"Wel, i dorri fy stori'n fyr," ebe Huws, gan frathu ei ben heibio'r drws i edrych a oedd y llidiart yn agored, "pam dois i yma oedd, i ddeud na dda'th Huw ddim at 'i waith y bore 'ma. Yr oedd Gwilym Wmffras yn deud 'i fod o wedi cychwyn, achos roedd o'n cerad rhyw ddeugian llath o'i flaen o, nes y daeth o at y tro hwnnw yn ymyl Pont Wyrfai; a ro'n i'n meddwl y basa chi'n licio gwybod er mwyn i chi fynd i chwilio amdano fo." Dywedodd y frawddeg olaf ar y ffordd tua'r llidiart.

Yn awr, pe dywedasid hyn wrth bobl gyffredin fel chwi a minnau, fe gawsem wasgfa. Eithr nid dynes gyffredin fel chwi a minnau oedd Ann Jôs. Nid oedd mynydd a phant yn ei meddwl hi o gwbl. Yr oedd fel y gwastadedd a orweddai rhyngddi a'r môr. Yn lle cael gwasgfa, fe gafodd syniad. Cipiodd y gwlanenni oedd heb eu golchi yn y fasged i'r cefn. Taflodd y dŵr budr; tynnodd y sosban oddi ar y tân ac aeth â hi allan; sychodd fymryn ar y llawr ac ar ei hwyneb a chweiriodd y gwely. Gwnaeth hyn i gyd oherwydd i'r gair 'cwest' a'r gair 'corff' basio drwy ei meddwl. Gwisgodd amdani ei dillad noson waith, a chychwynnodd i'r chwarel i nôl Effraim. Pan ofynnodd gwraig Bron y Gadair iddi beth a'i tynnai allan mor fore ar fore dydd Llun, yr unig ateb a gafodd oedd mai picio i neges yr ydoedd.

Er gwaethaf cwrteisrwydd Ann Jôs, ni allodd gwraig Bron y Gadair wrthsefyll y demtasiwn o fyned i ffenestr y llofft i weled mam ein gwron yn dringo llethr yr Allt Hir tua Chwarel y Fenlas.

Pan gyrhaeddodd y chwarel, mawr — na, mae 'mawr' yn air rhy ddof i ddisgrifio syndod Ann Jôs o weld yn sefyll ar y bonc mewn sgwrs ddwys — Huw, Effraim, a Lloyd y stiward.

"Wel wir," ebe hi, "dyma'r dydd Llun rhyfedda welis i 'rioed, a gobeithio na wela i byth un 'run fath ag o. Rydw i'n meddwl ma bryddwydio rydw i ers meitin. Gobeithio na cha i ddim strôc." Yr oedd Huw a'i gefn ati, a sylwodd y fam am y tro cyntaf erioed ar hyd coesau a chulni cefn ei bachgen. Y peth cyntaf a syrthiodd ar ei chlust oedd, "Cewch, yn eno'r bobol, ddechra bora fory, ond wrth gwrs, canlyn y wagan gewch chi am dipyn," gan Lloyd.

Pan drodd Huw, sylwodd y fam ar y gwahaniaeth oedd ynddo rhagor y diwrnod cynt. "Wel, Huw bach," oedd y cwbl a allodd ei ddywedyd. Golwg ddigon digalon oedd ar Effraim Jôs tan yngenyd, "Saith mlynadd i ddim."

"Be sy?" ebe'i wraig.

"Be sy, by-be?" ebe Effraim Jôs. "Yr hogyn yma am

ddŵad i'r chwaral eto, wedi gwastraffu'r holl flynyddoedd rhwng y dre a'r armi."

"Mae'n eitha gin i 'i ga'l o adra," ebe'i fam, "i edrach fedra i ledu tipyn ar 'i gefn o, a rhoi tipyn o fêr ar yr esgyrn yma." A lledodd Huw ei frest yn ddiarwybod.

"Ia, ia," ebe'r tad, "digon hawdd cymyd y peth yn ysgafn fel yna. Tasa'r hogyn wedi bwrw'i brentisiath yn y chwaral yn lle yn y dre, nid canlyn y wagan y basa fo fory."

"Well gin i ganlyn y wagan ar hyd f'oes," ebe Huw, "na rhwygo calico; a rŵan am drywsus melfaréd. Mi af i brynu o i siop yr hen Huws 'i hun, i dynnu dipyn o ddŵr o'i ddannadd o."

Mai, 1921

Hiraeth

ODDEUTU NAW O'R gloch nos Sul ydoedd, ac eisteddai John Robaits a'i wraig, Elin, un o bobtu'r tân, mewn cegin gysurus yn eu tŷ, yn Heol y Mynach, Pentre'r Glo. Yr oedd tân mawr coch yn y lle tân – tân digon mawr i rostio gŵydd o'i flaen, ac nid oedd cyfle i'w olau daflu ei lewych ar y pared gyferbyn gan ddisgleiried golau'r trydan a grogai o'r nenfwd. Cuddid y llawr teils coch a du gan linoliwm tew, eithr nid yn rhy dew i guddio'r ffaith mai teils a oedd odano ac nid coed. Iaith popeth yn y tŷ hwn oedd fod y teulu'n byw'n ddel, ac mai gair amhriodol am eu tŷ a fyddai y gair 'llwm'.

Eisteddai John Robaits yn y gadair freichiau yn ei ddillad gwaith – dillad duon y glöwr. Trywsus 'duck' wedi rhwbio digon yn y talcen glo i fod yn ddigon du i gurad. Yn lle'r goler ledr a wisgai am ei wddf yn y chwarel ers talwm, yr oedd crafat coch a du a glymai dan ei ên, wedi dau dro o amgylch ei wddf. Am ei draed yr oedd esgidiau hoelion mawr – heb arlliw llwch llechi yn y tyllau careiau hyd yn oed.

Darllenai Elin Robaits y *Cymru Mawr*, ac edrychai ei gŵr yn synfyfyriol i'r tân. Oedd, yr oedd llythyr William Tan y Chwarel wedi siglo tipyn ar feddwl John Robaits heddiw. Ysgrifennai William unwaith yn y pedwar amser at John i ddywedyd sut yr âi pethau ymlaen yn y chwarel a'r hen fro. Codi calon ei hen gydymaith a wnâi llythyr William bob amser, ond cafodd ei lythyr ddoe effaith wahanol. Nid prudd mohono, ond hawdd i'r wraig weled ei fod am godi ei binnas i fynd i'r Gogledd yn ôl. Adwaenai yr arwyddion hynny er pan ddaeth gyntaf i'r De. Yn lle mynd i'r Ysgol Sul fel arfer, fe arosasai John adref i bendympian wrth y tân, ac nid i bendympian chwaith, oblegid pan ddaeth Elin yn ôl o'r Ysgol Sul, dyna lle'r oedd pentyrrau o hen luniau hyd y bwrdd, a John yn edrych yn graff dros ymyl ei sbectol ar rai ohonynt. Un mawr a oedd ganddo yn ei law y munud hwnnw – un o holl chwarelwyr y Fenlas, yn un o flynyddoedd ei bri. Daeth y llun â'r gorffennol yn fyw iawn i gof John Robaits. O'i flaen yr oedd William Cae Hywel, a laddwyd ar waelod y Twll Mawr y diwrnod poeth hwnnw ym mis Gorffennaf, a'i wraig a'i blant wedi mynd i lan môr Dinas Dinlle am dro. Yno hefyd yr oedd Dic yr Hendre a ddihangodd i'r Merica rhag dlêd ei wraig. Yno o'i flaen yr oedd wyneb hawddgar Dic y Morfa a laddwyd yn y Rhyfel. Ond yr oedd mwy o'r darlun yn fyw nag oedd wedi marw, a galwai'r holl wynebau hynny arno ef, John Robaits, Pen Bryn gynt, yn ôl i'r hen fro.

Ac yn awr wrth eistedd wrth y tân, cyn cychwyn am ei shifft nos, yr oedd mor aflonydd ac mor barod i swnian â gwenynen o amgylch bys coch.

"Ym mhle rhowd y llythyr yna, Elin?" ebe fe toc.

"Pa lythyr?"

"Ond llythyr William."

"Chdi a dy lythyr! I be'r wyt ti'n colstro? Mi rwyt ti wedi'i ddarllan o deirgwaith eisys. Rhwng hôl dy fysadd di a blotia William, fedar Guto byth 'i ddarllan o pan ddaw o o Gaerdydd nos Wenar."

"Rhaid imi gael cip arno, wel'di. Tydw i ddim yn cofio'n iawn ym mhle y deudodd o fod y côr yn cystadlu ddydd Llun y Pasg."

"Ond yn y dre, siŵr iawn. Does dim Steddfod yn unman arall."

"Aros di, doro imi weld," a chwilotodd yn ddyfal yn nrôr y cwpwrdd gwydr. Gan fod ei sbectol ym mhoced ei gôt orau yn y llofft, bu raid iddo ymfodloni ar un pâr o lygaid yn unig. Ond gwyddai John y llythyr yn ddigon da erbyn hyn i'w roi wrth ei gilydd. Rhedai ei olwg dros frawddegau fel hyn:

> Mae 'ma bracteisio brwd erbyn Steddfod y Dre, Llun y Pasg. Mi roth Lloyd hanner awr ecstra inni ganol dydd ddoe am bractis, o achos bod piano'r hen Breis i fyny yn y chwarel. Mi roedd holl sachau siop Ned odani rhag iddi faeddu.
>
> Mae hi wedi bywiogi'n gynddeiriog ffordd yma rŵan, ac mae hi'n dipyn gwell arnom ni na fuo hi ers blynyddoedd. Tair a phymtheg ydi'r isrif cyflog, ac wrth gwrs os byddi di mewn bargan go lew mi gei fwy o gryn dipyn. Mae'r talu bob

wsnos yma'n gaffaeliad mawr rhagor y talu bob mis hwnnw, hyd yn oed pe tasa fo'n llai, medda Maggie.

Mi wyddost lle'r wyt ti efo dy lyfr siop. Wyt ti'n cofio Robin Blaen Ddôl ers talwm yn deud wrth Robaits y clarc 'i fod o'n medru celcio ugain mlynedd cyn hynny, gimint ag oedd o'n ennill y pryd hwnnw, a hynny heb i'r wraig wbod dim? Mae rhai o'r bois, yma, yn galw'r talu gawn ni ar y bedwaredd wsnos, sef hynny fyddi di wedi'i neud dros ben yr isrif, yn 'dâl mawr Dowlais'. Ydyn nhw yn cael rhyw arian mawr iawn yn y Dowlais yna, d'wad?

Mae yma well siawns i hogyn ddŵad yn ei flaen rŵan hefyd. Mae'r crymffastia hogia pedair ar ddeg yma yn cael shed iddyn nhw'u hunain, a rhai ohonom ninnau yn mynd yno i'w dysgu nhw. Dim rhagor o feichio cefnau'r creaduriaid bach ar ddydd Llun pen mis. Maen nhw'n cael dysgu'u crefft fel rhyw fodau dynol eraill rŵan.

Rhwng popeth, mae pethau'n edrych yn go dda. Mae mwy o baent ar hyd wynebau'r siopau nag a fu ers deng mlynedd. Mae 'Partner Bach' a 'Dewr' a'r 'Hen Gae' yn gadael Clwb yr Hen Lanciau, ac yn ymuno â'r Clwb mawr arall yna, tua Glamai yma.

Sut mae hi'n mynd tua'r Sowth yna? Fydd arnat ti ddim blys dŵad yn ôl i ganu ar ben côr Ben Solo, etc., etc.

"Mi fydd arna i awydd garw mynd yn fy ôl i'r North weithia, Elin," ebe John.

"Bydd?" (heb godi ei phen).

"Bydd wir, hogan. Rhyw bysgodyn allan o ddŵr ydw i yn y pwll glo. Tydw i byth wedi dŵad dros yr ofn hwnnw pan eis i i lawr y pwll glo'r tro cynta, a Dic Terfyn, yr hen greadur, efo mi – yn gofyn tybad sawl pry genwair oedd rhyngon ni a'r top, ac yn deud mai bwrw glaw allan yr oedd hi pan glywodd o ryw dwrw."

"Dyn mewn oed fel chdi yn sôn am ofn a thithau wedi gweithio ar waelod twll mawr y Fenlas ar hyd dy oes."

"Ia, ia, Elin bach, ma awyr las wrth dy ben di yn fanno, ac nid rhyw filltir a hanner o dywod."

"Wel, does arna i ddim eisio mynd yn f'ôl, beth bynnag. Byd gwan fydd yno eto 'mhen dim gwerth, a chawn ni mo'r cysur sydd gynnon ni yma," ebe Elin, gan droi ei golwg ar y piano.

"Mi fasa'n well gin i fyw mewn byd gwan nag mewn byd du fel hwn. Twyt ti yn cael fawr o gysur ond hynny gei di wrth ennill arian yn y fan yma."

"Wel, dyna beth na chest ti mono fo yn y North am flynyddoedd gora d'oes."

"Ella wir, ond mae'n haws magu plant yno, a hynny ar lai o arian. Mi gaiff dyn laeth enwyn ne rwbath yn fanno. Ond am y fan yma, rhaid iti dalu crocbris am dipyn o laeth enwyn."

"Ia, ond weli di, John, rwyt ti yn cael arian i dalu amdano fo yn y fan yma. Well i ti dalu grôt am chwart o laeth enwyn na chael wyth chwart am geiniog, a dim ceiniog yn y tŷ."

"Mae rhwbath yn dy bethau di hefyd, Elin," ebe John.

"A pheth arall," ebe Elin, "dyna Guto heb orffen 'i Golag. Rhaid inni aros yma nes gorffennith o yng Nghaerdydd."

"Does dim rhaid iddo fo aros. Mi gaiff orffan ym Mangor. Mi gâi *lodgings* yn rhatach hefyd."

"Dwn i ddim am hynny chwaith."

"Ta waeth am hynny," ebe John, "mi liciwn i ddiweddu f'oes yn fy hen fro. Ac mi liciwn naddu tipyn o ladis wyth ac ugian deuddag eto rhag ofn 'mod i wedi colli fy llaw arni."

"Mi rwyt ti'n siarad fel petait ti mewn wsnos i dy bension," ebe Elin.

"Mi fasa rhywun yn meddwl ar 'y ngwallt i, 'mod i," ebe John. "Ac i'r North yr a' i cyn yr aiff o ddim gwynnach."

Botymodd ei gôt, rhoddodd ei gap am ei ben, ac wedi dweud "Nos dawch," allan ag ef i'r nos.

Cododd Elin i roi clo ar y drws, ac wrth wneud hynny clywai sŵn traed trwm John ar y palmant, a hwnnw'n darfod yn y pellter. Beth bynnag oedd yn bod, clywai Elin Robaits y sŵn traed hwnnw yn ei chlustiau am hir amser wedi rhoi ei phen ar y gobennydd, ac yn ei dychymyg clywodd ef ganwaith wedyn.

*

Pa hyd bynnag y cysgodd, deffrowyd hi yn sydyn gan gnoc ar y drws. Deffrodd mor sydyn fel na allai gael ei meddwl at ei gilydd. Beth oedd? Pa un ai shifft nos ai shifft dydd a oedd gan John? Cofiodd, ac ar unwaith daeth ei chalon i'w gwddf. Ni ŵyr hyd eto sut yr aeth i lawr y grisiau, ond yno y'i cafodd hi ei hun yn wynebu un o'r glowyr – un o gydweithwyr John. Nid adnabu ef ar y foment – oni chlywodd lais: "O, Mrs Roberts, chi sy 'ma. Dewch i fi ddod miwn. (Ni feddyliasai Elin Robaits am ofyn iddo.) 'Na ferch dda, pidwch chi â styrbo'ch hunan nawr. Shteddwch lawr (gan afael yn ei braich). Ma John wedi cael ticyn o anap iddi go's, ond dyw e ddim rhw lawer – pidwch chi ag ypseto nawr, dyw e ddim cynrwg ag oen i'n meddwl ar y cynta." Ni allodd Morgan Hopcyn fynd ymhellach. Bu raid iddo redeg i nôl dipyn o ddŵr, ac fel y plygai uwch ei phen i'w estyn iddi, gallech weled dwy ffrwd yn gwneud dwy res wen yn nüwch ei wyneb.

"'Na fe, Mrs Roberts fach, e fydd John yn ôl reit, marcwch chi beth wi'n weud wrthoch chi. Ro'dd e'n siarad yn itha hapus 'da fi'n awr cyn cychwyn ac yn gweud wrtho i am weud wrthoch chi y bydde fe'n A1 'mhen dwarnod ne ddou."

"Gobeithio y bydd o wir," ebe Elin Robaits rhwng ei hocheneidiau, "ond ma'n ddrwg gin i rŵan 'mod i wedi deud gair yn 'i erbyn o fynd i'r North. Ella na fasa hyn ddim wedi digwydd petaen ni wedi mynd hannar blwyddyn yn ôl."

"Pidwch â wilia shwd ddwli," ebe Morgan Hopcyn. "Fyse wedi ca'l yr anap hyn ble bynnag y byse fe. (Y Sul cynt y taerai Morgan Hopcyn yn yr Ysgol Sul yn erbyn Arfaeth.) A fydd raid i chi ddim poeni dim, e fydd y coliars yn biwr 'u gwala i chi."

Fe wyddai Elin Robaits hynny'n iawn er yr adeg y cafodd John lid ar yr ysgyfaint.

"Chi fyddwch yn ôl reit, a nawr wi am fynd i moyn Rachel 'co i ddod lan i gadw cwmpni i chi, wath ma'n nhw'n meddwl mynd â John i'r hospital. Dyna fydde ore, mynte'r doctor, achos ma dolur bach itha seriws ar 'i go's e."

*

Nos Fawrth wedyn eisteddai Elin Robaits wrth y tân, newydd gyrraedd adref o'r ysbyty lle y buasai y diwrnod hwnnw a'r diwrnod cynt. Yr oedd amryw o gymdogesau yno, wedi galw i ofyn am ei gŵr. Yr oedd hithau yn falch iawn o'u gweled. Ond yr oedd rhywbeth arall ar ei meddwl, a chwenychai gael y tŷ iddi ei hun. Pan gafodd hynny, estynnodd bapur ysgrifennu a phen ac inc o'r drôr. Cymerodd ddalen o bapur te i sgrifennu arno'n gyntaf, rhag sbwylio'r papur gorau, ac ysgrifennodd y llythyr yma at Stiward Chwarel y Fenlas:

Annwyl Mr Lloyd,

Mae'n debyg y bydd yn rhyfedd gynnoch chi gael llythyr gin i o'r fan yma. Fel y gwyddoch chi, ma John a finna i lawr yma ers tua deng mlynadd bellach, ac wedi gneud 'yn cartra yn weddol gysurus yma. Imi dorri fy stori'n fyr. Mi gyfarfu John â damwain go fawr nos Sul. Yn yr Hospital y mae o, a phan o'n i yno heddiw, mi ddeudodd y Doctor bod yn rhaid torri 'i goes o i ffwrdd. Profedigaeth fawr, Mr Lloyd bach. Ond imi ddŵad at y pwynt. Dyma fy neges i: mi hoffwn yn fawr pe baech yn medru gweld ych ffordd yn glir i wneud rhyw le bach go ysgafn iddo yn y chwarel, i 'bwyso', neu rwbath felly. Wrth gwrs, mi gâi waith ysgafn yn y pwll glo, ond mi liciwn i iddo fo gael gwaith yn y chwarel. Mae gin i reswm neilltuol dros ofyn hynny. Rydw i'n gobeithio y daw o drwy'r oparesion yn iawn. Mae'r Doctor yn deud fod gynno fo siawns go lew wrth ei fod yn ddyn cryf.

Gobeithiaf yn fawr y medrwch chi neud lle bach i John druan.

Yr eiddoch yn ddiolchgar,

Elin Roberts (Pen y Bryn gynt).

Ymhen hanner blwyddyn wedyn gwelid teulu yn troi eu cefnau ar Heol y Mynach ar eu ffordd tua'r stesion. Cerddai'r tad wrth faglau, a rhompiai'r tri phlentyn o gwmpas wrth feddwl am bàs yn y trên.

Wedi cyrraedd y gornel trodd y tad ei olygon yn ôl at ffenestri moelion y tŷ gwag, a gellid ei weld yn sychu deigryn oddi ar ei rudd â'i ffunen goch. Ond ni throdd y fam ei golygon yn ôl unwaith, eithr cerddodd ymlaen yn syth. Yn ei chlust yr oedd sŵn dwy droed drom ar y palmant, a hwnnw'n darfod yn y pellter draw.

Mai, 1921

Yr Athronydd

"HIRAETH OFNADWY YDI hiraeth mam ar ôl plentyn sugno," ebe cymdoges.

Cododd yr Athronydd ei ben yn sydyn oddi ar ei lyfr, ac edrychodd yn syn. Dyna'r dywediad rhyfeddaf a glywsai erioed. Ni welsai yn yr holl lyfrau a ddarllenasai mo'i debyg. Ac er ei glywed gan wraig syml, wledig fel Jane Ifans, yr oedd cyn dywylled â Groeg iddo ef.

Hen lanc oedd yr Athronydd, yn byw gyda'i chwaer. Flynyddoedd yn ôl cyfarfu â damwain yn y chwarel, ac ni weithiasai fyth oddi ar hynny. Dywedai rhai i'r ddamwain effeithio ar ei ben. Maentumiai pobl garedig eraill mai'r felancoli oedd arno, a phobl garedicach na hynny mai diogi. Ta waeth am hynny, ni pheidiodd Ifan Dôl Goed â darllen o'r dydd hwnnw hyd yn awr; a rhoddodd ei hen gyfeillion yn y chwarel y ffugenw "Athronydd" arno. Nid âi allan byth bron, a phan âi, byddai ei feddyliau'n gyfan gwbl gyda'r hyn a ddarllenasai, fel na fyddai'n waeth iddo fyw ar y Cyhydedd mwy nag ar ochr Moel y Fantro, o ran dim a deimlai o'r pethau a oedd tu allan iddo ef ei hun. O ddydd y ddamwain hyd yn awr, dyma'r tro cyntaf i ddim ei ysgwyd allan ohono ef ei hun a'i lyfrau. A sylw Jane Ifans oedd hwnnw.

Edrychodd yr Athronydd yn syn arni fel petae hi'n ddewin. Yna trodd i edrych ar ei chwaer a eisteddai'n benisel yn y gornel. Yna oddi ar ei chwaer at y cymdogesau eraill a eisteddai'n gylch oddi amgylch y tân. Pa beth oedd ar y merched yma ei eisiau? Ni welsai Ifan erioed mo Meri, ei chwaer, yn cynnwys merched fel hyn i'w thŷ i siarad ac i glebran. Cofiodd. Dyma'r arferiad pan fyddai rhywun farw mewn teulu, bod llawer o bobl yn dyfod i weld y profedigaethus, yn siarad llawer ac yn rhoi rhywbeth. Dyma'r 'mynd i ddanfon at y cynhebrwng'. A daeth yr hyn a achosodd y 'danfon' hwn fel pang i galon yr Athronydd. Echdoe, bu Luned, plentyn bach blwydd oed ei chwaer, farw. Ni chymerasai erioed nemor sylw ohoni, heblaw ei bod yno, dyna'r cwbl. Eithr ddoe, teimlodd fod rhyw wacter mawr yn ei fywyd. Collodd ddau lygad glas plentyn bach i befrio arno bob tro'r edrychai dros ymyl ei lyfr. Trwy'r dydd ddoe, a bore heddiw, ceisiai beidio â chodi ei ben oddi ar ei lyfr rhag cael y siom a ddilynai hynny. Ond yn awr, caeodd ei lyfr gyda chlep, a dechreuodd synfyfyrio. Dyma un cwestiwn eto i'w ychwanegu at y cwestiynau eraill a'i blinai. Dywedwyd mai ynddo ef ei hun y canolbwyntiai meddyliau'r Athronydd. Nid yn hollol felly ychwaith. Nid darllen i'w ddifyrru ei hun a wnâi, eithr darllen er ceisio datrys cwestiynau a ddaeth i'w ben ar ôl y ddamwain. Os agorwyd ei ben, agorwyd ei feddwl yntau; a darllenai yn ddiddiwedd. Ond ni châi ateb i'r cwestiynau. Ar y munudau anesmwyth hynny o fethu, cerddai allan bob amser, i edrych a gâi atebiad iddynt yn ei feddyliau ef ei hun. Eto, yr oedd cyn dywylled yno ag yn y llyfrau. Yr unig oleuni a gâi fyddai goleuni newydd ar gyfynged meddwl dyn. Ceisiodd, o dro i dro, ddatrys y cwestiwn hwn. Pe na byddai marw o gwbl yn y byd, hynny ydyw, pe byddai i bawb fyw am byth, a fyddai yma le i ofn ac i farddoniaeth? Methodd â chael ateb iddo. A dyma un arall a'i blinai: sut y gallodd Meri, a llawer Meri arall, godi o'i gwely a gwneud ei gwaith, wedi colli ei bachgen hynaf, cannwyll ei llygad, yn y Rhyfel? Paham y bu raid i blant y werin fyned i farw dros achosion brenhinoedd? Paham nad ymladdasent hwy ef eu hunain ar ryw faes fel maes pêl-droed ar y cyfandir, a gadael i blant y werin fod yn edrychwyr, a gweiddi "hwi hwn", neu "hwi'r llall", yn lle *vice versa*? Ac yn ben ar y cwbl, methai â deall sut y gallai Duw edrych i lawr o'r nefoedd mor ddigyffro ar y cyfan. Yn ei holl ddarllen, ni chafodd esboniad ar y pethau hyn.

Yn awr, dyma benbleth eto yng ngeiriau, nid athronydd, na difinydd, ond yng ngeiriau dynes gyffredin, "hiraeth ar ôl plentyn sugno yn hiraeth ofnadwy".

Am y tro cyntaf ers blynyddoedd, cymerodd ddiddordeb yn ei amgylchiadau. Dyheai am glywed y person nesaf yn siarad. Gwelai na siaradai rhai o'r merched o gwbl.

Sychent eu dagrau cyn iddynt ddisgyn o gwbl, a sychent hwy drachefn. Ebe un o'r diwedd, "Meri Lloyd bach, mae'n rhaid i betha fel hyn ddigwydd, a rhaid i ni'u diodda nhw."

"Lol-bi-lol," ebe Ifan, "lol-mi-lol." Cododd yn wyllt ac aeth allan. Caeodd y drws gyda'r fath glep, nes dychryn y plant bach a chwaraeai 'london' o flaen y drws. Safodd y plant i gyd yn syn, nid oherwydd gweled yr athronydd heb ei het – nid oedd hynny ond peth cyffredin – ond oherwydd gweled neb o deulu Luned bach yn dyfod allan o'r tŷ. Ebe un ohonynt: "Dyma ddewyth y babi bach sy wedi marw. Ma hi'n ca'l mynd i'r twll du, dwrnod ar ôl yfory."

Clywodd Ifan y geiriau, a glynodd y ddau air "twll du" yn ei feddwl am hir iawn. Cerddodd ymlaen ac ymlaen. Ni wyddai i ba le'r âi, ac ni ddaeth i'w feddwl droi'n ôl. Yr oedd arno eisiau cerdded er mwyn cerdded. Yr oedd rhyw ysbryd newydd yn ei waed. Nid oedd ganddo'r un syniad pa amser ar y flwyddyn ydoedd; ond cofiodd fod y plant yn chwarae 'london', ac yn y gwanwyn y byddai hynny bob amser. Felly'r arferai ei fam alw tymhorau y flwyddyn. Amser chwarae top, ac amser chwarae trwy'r cortyn, a fyddai'r tymhorau iddi hi.

Yn ardal Moel y Fantro, deuai'r gwanwyn yn ddiweddar a'r gaeaf yn gynnar. Byddai caeau gwaelod y plwyf yn eu gwyrdd cyn i gaeau Moel y Fantro ddiosg gwisg y gaeaf. Byddai coed y lle olaf yn noeth, pan wisgai coed lleoedd eraill wisgoedd yr hydref. Pan chwythai'r gwynt o'r môr, yr oedd Moel y Fantro yn nannedd y ddrycin, a châi'r merched gryn drafferth i lanhau heli'r môr oddi ar y ffenestri.

Ac eto i gyd, yr oedd yno ryw harddwch na welid mohono'n gyffredin. Bob nos o'u bywyd gwelodd chwarelwyr yr ardal hon yr haul yn machlud dros Fôr Iwerydd neu dros Sir Fôn. Yn yr haf, ei dân yn troi Menai yn waed am hir, ac yn y gaeaf, ei lewych melyn gwan yn darfod yn sydyn ar Fôr Iwerydd. Gwelodd y bobl hyn leuad llawn Medi yn codi dros ben yr Wyddfa, ac yn taflu ei golau ar weithwyr y cynhaeaf. Eto y mae'n gwestiwn a gymerasant amser i edmygu'r golygfeydd erioed. Nid oedd lleuad Medi'n ddim i bobl a driniai dir mor llwm. Heddiw, fodd bynnag, tarawodd harddwch yr olygfa Ifan â syndod. Yr oedd rhyw fawredd yn perthyn iddi. Bu fyw yn yr ardal hon am hanner can mlynedd heb erioed weld dim ond moddion llwgu pobl.

Cerddodd ymlaen ac ymlaen, ac fel y cerddai, teimlai ryw asbri newydd yn ei goesau, a daeth rhyw deimlad llac, rhyfedd i'w ben. Tybiai, ond iddo fyned ymlaen fel hyn, y byddai iddo ddatrys yr holl gwestiynau dyrys hyn cyn nos. Trodd o'r ffordd i'r mynydd. Yr oedd rhyw asbri yn y grug hyd yn oed – neidiai yn ôl cyn gynted ag y sethrid ef, ac yr oedd ei sŵn wrth ei sathru fel miwsig offerynnau cerdd i gerddediad yr athronydd. Toc, daeth ar draws yr hen Gatrin Dafydd yn tynnu grug ar ei heistedd ar y mynydd.

"Diwrnod braf, Ifan," ebe hi.

"Ia," ebe Ifan.

"Sut mae Meri?" ebe'r hen wraig.

"Digon drwg ydi hi."

"Ia, dwi'n siŵr, ma plant yn gneud eu lle yn yr hen fyd yma, petaen nhw yma ddim ond am awr."

Aeth Ifan yn ei flaen gan feddwl am ei geiriau. Methai eto â deall deunydd hapusrwydd Catrin Dafydd. Trwy'r gwanwyn a'r haf, byddai'n tynnu grug i'r tyddynwyr i'w roi o dan eu teisi gwair, a'i gario iddynt yn feichiau mewn rhaff ar ei chefn, am chwe cheiniog y baich a chwpaned o de. Ac eto yr oedd yn hapus.

Toc daeth i ben y bryn ac i dir esmwythach. Teimlai'n ddigon ysgafn i hedeg. Clywai sŵn dŵr yn tincial dros y cerrig fel sŵn chwerthin. Ni allai ddeall paham yr oedd y sŵn yma'n gymorth iddo gerdded. Yn awr ac yn y man clywai fwrlwm dŵr codi wrth iddo daro ei droed ar fwsog, a chodai hynny ei ysbryd. Cerddodd i lawr ochr arall y bryn, ac i fyny un arall, heb flino dim. Wedi cerdded am oriau fel hyn, cyrhaeddodd lecyn gwyrdd esmwyth ar odre crib serth, ac eisteddodd i lawr i fwynhau'r olygfa. Ni allai weled Menai yn awr, dim ond mynyddoedd duon o'i gwmpas ymhobman. Edrychai rhai ohonynt fel petai'r Diafol ei hun wedi cipio darn ohonynt yn ei geg gan mor ysgythrog oeddynt. Nid yr olwg esmwyth, dawel honno a wna i chwi gysgu oedd arnynt, ond yr olwg wyllt a gyfyd ryw hiraeth na wyddoch am beth yn eich enaid. Ni allai'r Athronydd eistedd. Galwai'r mynyddoedd gwyllt hyn arno i fynd yn ôl i setlo'r cwestiynau a'i blinai. Teimlai y gallai wneuthur hynny'n awr. Yr oedd yn dechrau tywyllu erbyn hyn, a chychwynnodd tuag adref. Ond safodd yn stond. Dyma fiwsig yn dyfod o rywle tu ôl iddo – miwsig milwaith melysach na sŵn y grug dan ei draed a sŵn dŵr ar gerrig. Ni allai'r Athronydd gymharu ei sŵn i ddim ond i sŵn meddyliau newydd yn torri ar feddwl awdur. Trodd yn ei ôl a dilynodd y miwsig rhag ei waethaf. Yr oedd yn rhaid iddo ei ddilyn. Dilynodd y sŵn nes dyfod at gornel yn y grib. Heibio i'r gornel ac i lannerch gyffelyb ar yr ochr arall. Yno gwelai ddyn ieuanc yn canu chwibanogl – chwibanogl wedi ei gwneuthur o frwynen cors – a merch ieuanc yn dawnsio i'r miwsig – y miwsig a'i trodd ef yn ôl er gwaethaf y mynyddoedd a'i galwai ymlaen. Dyma'r mab a'r ferch ieuanc harddaf a welsai erioed. Eisteddodd i lawr ar y glaswellt yn fudan llwyr, a daeth rhyw deimlad drosto nad adnabuasai mohono erioed o'r blaen. Am unwaith teimlai'n hapus. Anghofiodd yr hen gwestiynau hynny, a phan ddaethant ar draws ei feddwl fel seren wib, chwarddodd yn galonnog am iddo fod mor ffôl â meddwl amdanynt erioed. Nid oedd dim yn ei flino. Eisteddai i edrych ar yr olygfa fel dyn yn yfed dedwyddwch. Pa waeth ganddo ef ffordd yr elai'r byd a'i drybini a'i ddioddef? Digon iddo ef oedd ei fod ef ei hun yn ddedwydd y munud hwnnw.

O'i flaen yr oedd dau yn droednoeth goesnoeth heb unrhyw arwydd annwyd na blinder arnynt. Yr oedd lliw eu croen fel plisgyn cneuen yn yr hydref. Yr oedd llygaid y ferch cyn ddued â chysgod Castell y Dre ar Afon Menai noson ddigynnwrf yn yr haf. Yr oedd ei gwallt mor ddu fel y tybiech fod gwawr las arno, a disgynnai yn 'dresi ffri' ar ei gwar. Ar ei phen yr oedd darn o 'gorn carw' – y planhigyn bach hwnnw a dyf o gwmpas blodau'r grug – yn dal ei gwallt fel ractal Elen Luyddawg gynt.

Ond yr hyn a darawai'r Athronydd fwyaf oedd ffurf ei gwddf a'i breichiau. Yr oeddynt yn berffaith. A daeth i'w feddwl cyn lleied o sylw a dalodd beirdd Cymru i *ffurf* erioed; *lliw* oedd popeth iddynt hwy, lliw gwddf a gwefus a grudd. Ond dyma harddwch corff a ddaliai i'w gymharu â harddwch meibion a merched Groeg. Am y mab yr oedd ei wallt o winau gwan yr hydref a'i lygaid o liw môr ar ôl storm. A theimlai Ifan, drwy reddf, nad harddwch i syllu arno'n unig oedd hwn, ond harddwch i'w garu.

Gorffennodd y ferch y ddawns ac eisteddodd y ddau ar y glaswellt. Methai Ifan â gwybod beth i'w wneuthur. Ni allai agor ymddiddan. Ebe'r ferch, "A dyma chi wedi dyfod o'r diwedd. Ple buoch chi cyd? Buom yn eich disgwyl yn hir."

"Wn i ddim pwy ydach chi," ebe'r Athronydd, "a wyddwn i ddim eich bod chi yn fy nisgwyl."

"Mae pawb yn dyfod y ffordd yma yn ei dro," ebe'r mab.

"Pwy ydach chi, felly, mor hy â gofyn?" ebe Ifan.

"Un o deulu Lleu ydw i, ac un o deulu Llŷr yw fy ngwraig," ebe'r mab, "ac yma ar hyd y llechweddau yma'r ydan ni yn byw."

Ni feddyliodd Ifan ei fod yn beth rhyfedd bod teulu Llŷr a Lleu ar gael o hyd. Ymddangosai y peth mwyaf naturiol iddo ef.

"Wel, ar beth ydach chi'n byw?" gofynnai'r Athronydd drachefn.

"Ar lysiau'r ddaear a ffrwythau'r coed, a gwin gruglus. Pethau i gadw pobl yn ifanc byth ydi'r pethau yna. A pheth arall, does yma neb yn marw."

Cysylltodd y dywediad yna gwestiwn wrth feddwl Ifan.

"A oes gynnoch chi farddoniaeth yma?"

"Dim llawer; achos mewn gwlad lle nad oes marw, does yna ddim lle i ofn a phryder a meddyliau duon felly. A phobl y meddyliau duon sy'n medru ysgrifennu barddoniaeth orau. Yr unig farddoniaeth sydd gynnon ni ydi canu'r adar, sŵn dŵr, a murmur awel rhwng y coed."

"Gobeithio y maddeuwch imi am ofyn ydach chi'n hapus yma," ebe Ifan.

"Ydan," ebe'r mab gan edrych ar ei wraig.

"Ond fyddwch chi ddim yn blino ar eich gilydd weithiau?" ebe'r holwr drachefn.

"Tydi cariad byth yn blino."

Cofiodd Ifan iddo ddarllen am rywbeth tebyg iawn i gariad yn blino, a mynegodd hynny.

"Mi all hynny fod," ebe'r mab, "mewn lle y mae pobl yn byw ar draws ei gilydd, ac mewn tai cyfyng. Ond nid yn yr awyr agored."

Gallai'r Athronydd dystio i'r gwirionedd yna i raddau ar ôl y dydd heddiw.

A hwy yn siarad fel hyn, torrwyd ar yr ymddiddan gan drŵp o blant llawen yn rhedeg allan o ogof yn y graig gerllaw.

"A dyna'ch plant chi?" mentrai'r Athronydd wedyn.

"Ie," ebe'r fam yn falch, a chofleidiodd rai ohonynt. Ymddangosai'r plant i gyd yn llawen, oddieithr un eneth fach a lechai o'r tu ôl. I Ifan, yr oedd yr eneth fach yma'r un ffunud â Luned, plentyn ei chwaer. Ie, dyna'r llygaid gleision a befrai arno ef, pan godai ei olygon oddi ar ei lyfr. Edrychai yn swil ac yn ddigalon yn y cwmni hwn, a barnai ei hewythr fod ôl wylo ar ei hwyneb. Cododd ochenaid yn ei mynwes ac edrychodd ar y ferch, ond trodd ei golwg draw yn siomedig.

"Nid y chi bia'r hogan bach yma?" ebe Ifan.

"Ie," ebe hithau. "Echdoe y ganed hi i'r byd yma, ac y mae hi dipyn yn swil ac yn ddigalon. Hiraeth ofnadwy ydi hiraeth plentyn bach ar ôl bron ei fam."

Ni theimlai'r Athronydd fod angen cywiro'r ferch am ddywedyd fel yna. Teimlai ei bod yn berffaith iawn, a daeth dywediad Jane Ifans i'w gof. "Mae merched yn deall pethau trwy reddf," ebe fe wrtho'i hun, "ac rydan ninnau ddynion yn ymbalfalu â'n deall." Ond ni theimlodd ar ei galon ddadlau o gwbl.

Toc, dyma fe yn clywed llaw fach yn cydio yn ei law. Trodd ei ben, a dyna lle'r oedd Luned yn swatio'n dynn wrth ei ochr a'i phen i lawr. Cododd yntau ei phen, a gwenodd hithau arno. Am y tro cyntaf yn ei fywyd, daeth y teimlad drosto yr hoffai wasgu'r eneth fach i'w fynwes a'i chusanu. A gwnaeth hynny gyda holl angerdd y teimlad newydd hwn a'i meddiannodd. Edrychai Luned yn hapus iawn, a gwenai arno fel y gwnâi ar fynwes ei mam.

Ar hyn dyma'r miwsig yma'n dechrau wedyn. Y tro hwn deuai o'r ogof, ac aeth pawb i mewn ar ei ôl; Ifan a Luned yn ei freichiau yn olaf. Wedi dyfod at enau'r ogof – O dywyllwch! Daeth "twll du'r" plant i'w feddwl. Ond ymhell, bell, bell, ymhen draw yr ogof hon, gwelai enau ogof arall, a llewych yn dyfod allan ohoni – nes peri i'r genau edrych fel lleuad llawn ynghanol caddug. Ceisiodd yr Athronydd droi'n ôl, ond ni allai. Tynnai y miwsig ef i mewn.

*

Dradwy, yng nghynhebrwng Luned, ni allai un rhes weld rhes arall gan mor drwchus y niwl.

Ciliodd y niwl ymhen deuddydd, ond ni ddaeth Ifan Dôl Goed byth yn ôl i Foel y Fantro.

Mawrth, 1922

Newid Byd

UN O'R BOREAU hynny yn yr haf ydoedd, pan fydd edafedd y gwawn yn dew, neu'n hytrach yn denau ar hyd y perthi, a sŵn traed a siarad chwarelwyr i'w glywed fel sŵn gwenyn yn y pellter agos. Safai Wiliam Gruffydd a'i bwysau ar ddôr fach yr ardd â'i olygon yn edrych ymhell, heb fod yn edrych i unman neilltuol. Yr oedd rhyw olwg hiraethus yn ei lygad; ond, o ran hynny, fel yna'r edrychai Wiliam Gruffydd bob amser. Teimlech ryw ias tosturi yn cerdded eich holl gorff bob tro y byddech yn agos iddo. Y bore hwn edrychai'n fwy hiraethus nag arfer, ac yn rhy synfyfyriol i gymryd sylw o'r chwarelwyr yn codi eu dwylo arno wrth basio.

Yr oedd tair blynedd bellach er pan roddodd orau i'r chwarel a symud o Fryn y Fawnog i Fodlondeb, o'r tyddyn i'r tŷ moel. Ychydig cyn hynny aethai Guto ei fab i'r Merica, ac efe a ddarbwyllodd ei rieni i symud i'r tŷ moel a gadael y chwarel er mwyn gorffwys tipyn ar ddiwedd eu gyrfa. O'r mis cyntaf wedi iddo gyrraedd gofalodd Guto am anfon pedair punt adref bob mis, a deuent mor rheolaidd â dydd Llun pen mis yn y chwarel. Rhwng yr arian hynny a phensiwn yr hen bobl, gallai Wiliam a Margiad ei wraig gael popeth yr oedd arnynt ei eisiau. Ond bu Margiad farw ymhen dwy flynedd ar ôl symud; a'i geiriau olaf hi oedd am wartheg a moch ac anifeiliaid felly. A chan na roddir 'geiriau olaf' o'r natur yna ar gerdyn coffa neb, bu raid gadael ei cherdyn hi heb ei geiriau olaf. Wedyn disgwyliai Wiliam Gruffydd Guto adref o'r Merica. Syniad yr hen ŵr am y wlad tu hwnt i'r Werydd ydoedd gwlad â digon o aur ynddi, dim ond i chwi fynd yno i'w hel, fel yr aech i Dwyn y Cyll i hel mwyar duon ym mis Medi. Iddo ef, dyna'r rheswm paham y deuai pobl oddi yno mor fuan gyda chotiau â phocedi mawr ac aur yn eu dannedd gosod. Synnai felly na ddeuai Guto yn ôl. Buasai'n well ganddo erbyn hyn weled Guto na chael yr arian bob mis.

Wedi marw Margiad cafodd eneth i gadw'i dŷ, ond ni welai hi na'r tŷ fawr arno o fore hyd nos. Treuliai ei amser a'i bwysau ar ddôr yr ardd neu'n siarad â dynion trwsio'r ffordd. Mewn gair, yr oedd ar goll oddi ar y dydd y gadawodd y chwarel. Y mae'n wir bod iddo atgofion melys am Fryn y Fawnog. Ond, chwedl yntau, "Mi fasa ar ddyn hiraeth ar ôl Gehenna petai o wedi bod yno ddigon hir i gynefino yno." Mewn gwirionedd, yr oedd yr atgofion melys am y tyddyn yn eu cyfyngu eu hunain i foch yn marw o'r clwy, a gwartheg yn nychu o'r clwy bustl. Ond wedyn, edrych i Sodom a wnaiff dyn oni bydd ganddo rywle gwell i edrych iddo. A threuliodd Wiliam Gruffydd lawer awr â'i bwysau ar ddôr yr ardd yn edrych i gyfeiriad Bryn y Fawnog. Ac yn niffyg gwell gwaith beirniadai ei olynydd. Oedd, yr oedd gwartheg y tenant newydd yn deneuach na'i eiddo ef gynt. Yr oedd eu hesgyrn allan drwy eu crwyn bron. Ac wedyn, nid oedd fawr o gamp ar ei wair er yr holl *basic slag* a roddai'r tenant newydd i'w dir.

"Dydw i'n gweld gynno fo fawr gwell gwair," ebe fo wrth John Jôs y ffordd ryw ddiwrnod, "efo'i holl *fagic slag* a'i ffansi tail. Mi rydw i'n dallt hen dir Bryn y Fawnog 'na i'r dim. Cariwch chi ddigon o dail o'r doman iddo fo, a dawnsiwch dipyn hyd yr hen werglodd yna i gau hôl traed gwarthaig, a fydd raid i chi ddim bod gwilydd o'ch tas wair. Ond am yr hen betha newydd 'ma, John Jôs, welis i 'rioed ddioni ohonyn nhw. Dyna i chi Dic Jôs, Ty'n Mynydd rŵan, mae o wedi gwario punna ar ryw hen gêr fel yna, ac mi fedra'r gwynt gario'i wair o bob ha. A dydw i'n gweld fawr o gamp ar laeth 'u gwarthaig nhw. Mi roth Elin Huws y Fron banad o de i mi'r diwrnod o'r blaen, efo llefrith Bryn y Fawnog, a wir mi roedd o cyn lasad ag y medrach chi welad gwaelod y jwg drwyddo fo. Ond fel 'na, John Jôs, fel roedd Elin Huws yn deud, mi fedar rhai pobol werthu bleinion a'i alw fo'n dical."

Er gwaethaf pob rhyw siarad fel hyn, dal i dyfu'r oedd gwair Bryn y Fawnog, ac nid oedd fawr o wahaniaeth yn y das wair ar ddiwedd yr haf; ni ddaeth esgyrn y gwartheg allan drwy'u crwyn, ac yr oedd Elin Huws yn dal i brynu llefrith yno. Wedyn dyna ardd Bodlondeb. Gallai drin tipyn ar honno i basio'r amser. Ond beth oedd rhyw ddecllath ysgwâr o ardd i ddyn oedd wedi arfer palu rhydau bwy'i gilydd. Nid oes lle mewn gardd i ddyn felly droi ei draed, a byddai wedi palu rhes cyn bod eisiau poeri ar ei law unwaith arno. Peth go anodd yw i ddyn ei gyfyngu ei hun i ardd wedi arfer efo chae. Lle i ddyn ysgwyd ei draed a'i ddwylo y galwai Wiliam Gruffydd gae. Galwai Williams y gweinidog beth felly'n ehangder. "Ehangder," ebe'r olaf, gan chwifio'i ddwylo i'r dwyrain ac i'r gorllewin. "Cae," ebe Wiliam Gruffydd, gan luchio tywarchen efo'i raw i'r awyr. Ond am ardd Bodlondeb, yr oedd mwy na hynny o dir yn tyfu'n chwyn ym Mryn y Fawnog.

Yr oedd Wiliam Gruffydd yn ddarllenwr mawr, a meddyliodd wrth adael y chwarel y câi ddigon o amser i ddarllen. Ond ni waeth i chwi heb ddarllen oni chewch rywun i sgwrsio ag ef ynghylch a ddarllenasoch. Buan iawn y canfu'r hen frawd mai'r hyn a roddai flas iddo ar ddarllen oedd cael sgwrsio a dadlau efo Twm y Ffridd yn y chwarel drannoeth. Bid sicr câi ddadlau yn yr Ysgol Sul hyd yn oed yn awr. Ond yr oedd aelodau'r dosbarth yn hŷn nag ef. Pobl cymdogaeth y pedwar ugain yma oeddynt, ac y mae tuedd mewn pobl o'r oed yna i grwydro. Dyna Wiliam Huws, Tan yr Ogo – byddai rhywbeth yn y wers yn siŵr o fynd ag ef i Sir Fôn, sir ei enedigaeth a'r sir y'i magwyd. Ac o Sir Fôn y galwai'r gloch hwynt i'r ddaear ar ddiwedd yr Ysgol. Peth arall, nid oes cymaint amrywiaeth mewn dosbarth Ysgol Sul ag sydd mewn caban bwyta yn y chwarel. Yn y fan honno fe gewch esboniadau dynion na byddant byth yn darllen esboniadau.

Oedd, yr oedd ar Wiliam Gruffydd hiraeth am y chwarel. A'r bore hwn o haf, yr oedd rhywbeth yn yr awyr, yn arogl yr awyr, yn chwythiad yr awel, yn sŵn y ffrwd, yn sŵn y chwarelwyr, ym mhopeth, yn debyg i ryw fore, neu foreau flynyddoedd yn ôl pan âi yntau gyda'r dyrfa i fyny i Jerwsalem ei fyd – y chwarel. Nid rhyfedd ei weled â'i bwysau ar y ddôr mor fore, oblegid cododd bob dydd byth am hanner awr wedi pump, chwarel neu beidio. Ac yn awr ni allai ddioddef gwawdiaith enw ei dŷ ddim rhagor. Bu yn bopeth ond Bodlondeb iddo ef. Yr oedd yn awr yn ugain munud i saith, a gwelai rai olaf y fintai yn mynd. Gwyddai mai hwy oedd yr olaf, oblegid yr oedd Robin Twm Siân yn eu mysg. Penderfynodd fynd i'r chwarel. Bu agos iddo beidio â mynd hyd drannoeth, gan ei bod mor hwyr, er y gellid cerdded yno'n hawdd mewn ugain munud. Arfer Wiliam Gruffydd oedd cychwyn i'r chwarel awr cyn caniad, a threulio'r amser oedd ganddo wrth gefn i orffwys yn y caban. Ond fe aeth dyhead yn drech na'i ysbryd prydlon y tro hwn. Rhedodd i'r tŷ a rhoddodd ei esgidiau hoelion mawr am ei draed, a ffwrdd ag ef ar ôl y chwarelwyr eraill. Yr oeddynt hwy yn colli ar ben yr Allt Goch pan gyrhaeddodd ef ei gwaelod. Wedi cyrraedd y chwarel aeth ar ei union i'w hen le yn y shed. Yno, yn ei le ef, ac yn eistedd ar ei flocyn, yr oedd Wil Wmffra, ei hen bartner. Gwelwodd yr olaf pan welodd Wiliam Gruffydd, ac ni allai ddywedyd gair.

Mewn gwirionedd, distawodd popeth yn y shed ond yr injian. Pe daethai'r hen frawd o fyd arall, ni buasai yno fwy o syndod. Modd bynnag, dyma Jôs, y stiward bach, yno o rywle, ac fe arbedodd iddynt ddywedyd pethau chwithig.

"Hylo'r hen fachgian," ebe Jôs, gan ddodi ei law ar ei ysgwydd. Dyn oedd y stiward bach a allai roddi ei law ar ysgwydd hen ddyn, ac ar ysgwydd plentyn, a dywedyd, "Hylo'r hen fachgian," heb dramgwyddo'r un o'r ddau.

"Hylo'r hen fachgian," ebe Jôs, "Sut mai'n dŵad? Wedi rhoi tro i edrach amdanom ni?"

"Wel ia, fachgen, wedi blino adra rwsud, ac yn meddwl y liciwn i ddŵad yn f'ôl."

"Da iawn, mi chwiliwn ni am rwbath go ysgafn i chi neud."

"Wath gin i am 'i ysgafn o, rydw i'n ddigon 'tebol."

Pletiodd Jôs ei wefusau. Fe wyddai yn eithaf da fod digon o nerth yng ngewynnau Wiliam Gruffydd eto, i'w roi ymhen un o weithwyr caletaf y gwaith. Ond nid oedd yno le iddo mewn bargen.

"Rhoswch am funud, Wiliam Gruffydd." Ac aeth allan. Yr oedd yn ei ôl mewn eiliad.

"Mi gewch weithio yn lle Dafydd Wiliam Llwyn Drain heddiw; mae o adra efo'i wair, ddyliwn, ac mi gawn weld beth fydd yma at yfory i chi."

Felly bu, ac i'r shed bach â Wiliam Gruffydd. Rhyw ddistaw iawn yr oedd pawb yn y fan honno wedyn, a theimlai nad oedd ar neb eisiau ei weld yn ôl. Ond chwarae teg i'w hen gyfeillion, wedi eu syfrdanu ormod i siarad yr oeddynt. Cafodd sgwrs efo Wil Bach yr Efail pan oedd hwnnw'n myned trwy'r shed heb neges neilltuol, a theimlodd am funud fod yr hen amser wedi dyfod yn ôl.

Daeth awr ginio, a rhuthrodd pawb am y cyntaf i'r caban. Dyna'r munud cyntaf i Wiliam Gruffydd gofio na ddaeth â'i ginio gydag ef. Ond gwnaed y diffyg hwnnw i fyny ar unwaith. Cafodd ddigon o frechdan gan un, caws gan un arall, a rhoddodd Wil Wmffra ddigon o de iddo a chaead ei biser i'w yfed. Eithr ni chafodd eistedd yn ei hen le ymhen draw'r caban yn wynebu pawb. Llenwid hwnnw'n awr gan Morgan Owan – dyn oedd yn ddadleuydd mawr yn ei olwg ei hun ac yng ngolwg dynion bach eu hamgyffred a'u darllen. Suddodd calon Wiliam Gruffydd wrth weled hwnnw'n ei le ef. Un o'r dynion hynny a siaradai yn *–yddol* ac mewn *–olrwydd* oedd Morgan Owan, ac i rai, niwl geiriau mawr oedd niwl dynion mawr.

Nid oedd gan yr hen ŵr lawer o le i eistedd chwaith. Teimlodd hynny gyntaf pan roddodd rhywun hergwd i'w benelin, nes colli ohono'i de hyd ei ddillad. Gwesgid Wil Bach yntau yn y gongl wrth y drws, a bu agos iddo weiddi, "Closiwch i fyny, lads". Pan gofiodd, brathodd ei dafod.

Modd bynnag, i Wiliam Gruffydd, yr oedd un yn ormod ar y fainc honno.

"Beth wyt ti'n feddwl o sbîtsh y Mawr?" ebe Dafydd Rolant heb gyfarch neb yn neilltuol.

"Tydw i'n meddwl dim ohoni," ebe Wiliam Gruffydd.

"Sut felly?" ebe Morgan Owan.

"Wel, does dim yn dangos yn well na'r sbîtsh yna 'i fod o wedi troi'i gefn ar y werin."

("Gwrando di ar yr hen Wil Gruff," ebe Wil Bach gydag edmygedd, yng nghlust Dafydd Rolant.)

"Sut yr ydach chi'n medru deud hynny?" ebe Morgan Owan gyda phwyslais ar bob llythyren.

"Wel, mi fasa'n rhyfadd iawn gin i feddwl ma'r dyn fu'n siarad am hawlia'r gweithiwr gyda'r fath hwyl ers talwm fasa'n gweiddi am hel 'u plant nhw i'r Rhyfal," ebe Wiliam Gruffydd.

"Tydi hwnna ddim ar y pwynt," ebe Dafydd Rolant. "Tydi'r ffaith fod dyn am gael terfyn ar y Rhyfal ddim yn deud 'i fod o wedi troi'i gefn ar y gweithiwr."

"Clywch, clywch," ebe llais.

"Ydi," ebe Wiliam Gruffydd, "tasa gynno fo rywfaint o deimlad at griadur tlawd, mi fasa'n cymyd dipyn bach mwy ara deg; a pheth arall, mi allsa fod wedi bod yn fwy ara deg ar y cychwyn. Achos plant y gweithiwrs ceith hi gleta ymhob rhyfal."

"Wel," ebe Morgan Owan, ar ôl pesychiad pwysig, "rhaid inni edrach ar gyffredinolrwydd pethau. Wedi'r cyfan, rhyw swm bach negyddol ydan ni yng nghyfundrefn wleidyddol y byd. A siarad yn athronyddol, ma'n rhaid i bethau fod fel hyn. Mae cwmpawd y byd gwleidyddol yn troi o gwmpas canolbwynt na wyddom ni ddim byd amdano, a rŵan, y peth gora inni i gyd ydi dŵad â hyn i'w ddiweddbwynt, a hynny yn sydyn."

"Clywch, clywch," ebe addolwyr y niwl.

Gwelodd Wiliam Gruffydd mai ffôl oedd ateb dyn cyn lleied ei ddychymyg, a bu'n ddistaw o hynny i'r diwedd.

Gweithiodd y prynhawn drachefn a cherddodd adref gyda'i hen gyfeillion. Ymadawai â hwy wrth groesffordd y siop a cherddai'r gweddill o'r ffordd ei hunan. Yr oedd yn rhaid iddo fyned heibio i Fryn y Fawnog. Heb yn wybod iddo'i hun, trodd drwy'r llidiart. Dwy gongl gron a droai o'r ffordd at lidiart Bryn y Fawnog, ac mae'n haws i ysgwydd dyn droi heibio i gongl gron na heibio i un ysgwâr. Ac felly y'i cafodd ei hun yn agor drws y tŷ ac yn myned i mewn.

"Tada," ebe hogyn bach pedair oed dan redeg i'w gyfarfod. Ond trodd yn ei ôl pan welodd mai Wiliam Gruffydd oedd yno ac nid ei dad. Cododd y fam ei golygon mewn syndod oddi ar ei babi wrth ei weled.

"Sut ydach chi heno, Wiliam Gruffydd?" ebe hi yn ffrwcslyd.

Ond yr oedd Wiliam Gruffydd eisoes ar ei ffordd at y drws yn troi ei gefn ar nefoedd a welodd yntau unwaith.

Edrychai ddeng mlynedd yn hŷn pan gerddai at Fodlondeb, ac yr oedd ei lygaid ymhellach nag erioed yn ei ben.

"Celwydd," ebe fe wrtho'i hun, "celwydd bob gair ydi deud mewn cwarfodydd coffa, a chwarfodydd ymadawol, bod bwlch mawr ar ôl dynion yn y byd yma. Tasan nhw'n fylcha mawr, fasan nhw ddim mor hawdd 'u cau. Fedar neb ailagor adwyon wedi 'u cau unwath ym myd pobl, beth bynnag."

Aeth adref, taflodd ei esgidiau hoelion mawr i'r gegin bach. Ni wisgodd hwynt drachefn – nac unrhyw esgidiau eraill chwaith.

Hydref, 1922

Y Llythyr

PRYNHAWN SADWRN YM mis Tachwedd 1917, mewn llety yn Lerpwl. Eisteddai Dic, Ifan, a Wil wrth y bwrdd yn ysgrifennu llythyrau. Eisteddai Wmffra wrth y tân, ei ên ar ei wasgod, a'i ddwylo yn ei bocedi, ei draed dan y gadair a'i lygaid ar ffyn y grât, yn edrych rhyngddynt i'r tân a thrwy'r tân i dŷ bychan mewn pentref bychan yn Sir Gaernarfon. Oddi allan yr oedd mwrllwch Tachwedd, oddi mewn cegin lân, cyn laned ag y gadawai mwg tref a phryfed swrth yr hydref iddi fod. Yr oedd yn gegin eithaf cysurus, mor gysurus ag y gallai llawer o heyrn tân ar aelwyd ei gwneuthur. Yr oedd gan y tân ei hun gryn dipyn o orffennol a pheth dyfodol, ac yn y canol rhwng ei orffennol a'i ddyfodol gwelai Wmffra weledigaethau. Gwelai ei gegin ei hun gartref, heb fod lawn mor dwt â hon, eto cyn dwtied ag y gadawai chwech o blant a dau filgi a thywydd gwlyb iddi fod; dim heyrn o flaen y tân, ond stôl bren isel hir, y gallech ddodi eich traed arni heb ofni clywed pregeth gan eich gwraig, a'ch dau ben glin ar ddannedd y grât. Yr oedd Ann, ei wraig, wrthi'n golchi'r llestri ganol dydd Sadwrn, Robin y plentyn lleiaf yn tynnu yn ei barclod a hithau'n gweiddi "Paid". Gweiddi ar Meri'r eneth hynaf i'r tŷ wedyn, iddi redeg ar neges i'r siop; Meri'n rhy fyddar i wrando ac yn dal i chwarae drwy gortyn. Ann yn gwylltio ac yn gweiddi digon i bobl y drws nesaf ei chlywed, a Meri o gywilydd yn dyfod i'r tŷ. Sam a Bob, y ddau filgi'n eistedd un o bobtu Wmffra yn edrych dan eu cuwch arno gystal â dywedyd: "Tyrd yn dy flaen am wnhingan".

Wedyn Wmffra'n codi, ac yn mynd i'r cefn am y ddwy ffured. "Rydw i am fynd am ryw wnhingan ne ddwy at yfory, Ann," ebe fe. Cychwyn dan chwibanu'n hapus, er ei bod yn brynhawn Sadwrn ar ôl nos Wener tâl, y noson fwyaf anghysurus yn y mis i Wmffra, pan fyddai arno ofn rhoi ei gyflog i Ann gan ei leied. Nid bod Ann yn un o'r merched hynny a fydd yn rhygnu ac yn rhincian ar nos Wener tâl. Ond rywsut byddai Wmffra'n lled anghysurus nes dyfod o Ann adref o'r siop. Os byddai golwg hapus ar wyneb Ann, yr oedd hynny'n braw o serchowgrwydd gŵr y siop, a byddai Wmffra'n hapus wedyn, hyd y nos Wener tâl nesaf. Un o'r prynhawnau Sadwrn hynny a welai Wmffra yn y tân yn Lerpwl yn awr, pan fyddai ei ddedwyddwch ar ei uchaf, oherwydd gwên gŵr y siop, a'i bellter yntau oddi wrth y nos Wener tâl nesaf. Wedyn cychwynnai efo Sam a Bob, ei ddwylo yn ei bocedi, a blew esmwyth y ddwy ffured yn eu goglais, a'r ddau filgi wrth ei sawdl.

"S'mai, Wmffra?" ebe hwn ac arall ar y ffordd. Ni ofynnai neb iddo i ba le'r âi. Yr oedd yr ateb yn y ddau gi.

Wedyn gadael y ffordd a chroesi ffridd Foty'r Wern, Sam a Bob a'u trwynau'n dynn wrth y ddaear, a llygaid

Wmffra'n gwibio mwy i'r dde a'r chwith nag oeddynt. Yna myned trwy gae, Sam yn cerdded tu ôl i Fob, a Bob tu ôl i Wmffra, yn drindod o'r un meddwl. Tros y gamfa fel tri milgi i Gae'r Boncan ac eistedd i lawr am dipyn. Yna gollwng y ffuredau a thri phâr o lygaid yn edrych i'r un cyfeiriad. Dyma'r gynffonwen allan, ac ar amrantiad, Sam yn ei gwar. "*Well done, boy*," ebe Wmffra dan ei anadl ar ei gadair yn Lerpwl, gan fygwth neidio oddi arni. Ond cofiodd fod ei ddwylo yn ei bocedi a'i draed dan y gadair, ac fe'i sadiodd ei hun yn ôl.

"Tyrd o 'na di, i bendwmpian, Wmffra," ebe Dic.

"Ia," ebe Ifan, "sgwenna adra at dy wraig, ne mi feddylith dy fod ti wedi marw."

"Dim peryg yn y byd," ebe Wmffra, "mi fasa'n haws gin Ann gredu 'mod i wedi marw taswn i *yn* sgwennu."

"Oes yna âits yn 'angerddol'?" gofynnai Wil a ysgrifennai at ei gariad.

"Nag oes," ebe Ifan dan lyfu cas llythyr.

"Oes," ebe Dic.

"Ma hi'n siŵr o ddallt be wyt ti'n feddwl petait ti'n rhoi pymthaig âits yn'o fo," ebe Wmffra.

"Gin dy fod ti mor siŵr," ebe Ifan, "tyrd at y bwr' yma a sgwenna at Ann."

"Na 'na i," ebe Wmffra yn yr un dôn ag yr etyb hogyn anufudd ei fam.

"Ma Ann yn siŵr o ddallt ma gweithio ar ôl yr oeddwn i'r pnawn yma, ac ma' dyna sydd wedi fy rhwystro i adra heiddiw. Go drapia'r hen weithio ar ôl yna." Poerodd i lygad y tân.

Ar y ffordd haearn yn Lerpwl y gweithiai'r pedwar, a chaent diced rhad i fyned adref efo'r trên bob tair wythnos. Gan fod tair wythnos yn llai na mis, a chan na theimlai Wmffra'n anghysurus bellach wrth gyflwyno'i gyflog i Ann, nid anfonai ei gyflog adref bob wythnos fel y gwnâi Dic ac Ifan, eithr câi Ann gyflog tair wythnos bob tro'r âi ef adref, ac ni thrafferthai'r un o'r ddau i ysgrifennu at ei gilydd yn y cyfamser.

Ni welsai'r un o'r hogiau mo Wmffra'n ysgrifennu erioed. Ond ni ddaethai'r gwir, na allai efe ysgrifennu o gwbl, erioed ar draws eu meddwl. Ped aethent i'r un ysgol ag ef yn blentyn, efallai y gwybuasent. Nid oedd Wmffra ond rhyw bymtheg ar hugain oed, a dylai dyn pymtheg ar hugain yn 1917 allu ysgrifennu pwt o lythyr, beth bynnag. Gallai Dic ac Ifan, oedd o'r un oed ag ef, wneuthur hynny'n rhugl. Er bod y pedwar yn gweithio yn yr un chwarel cyn y Rhyfel, nid aethent i'r un ysgol yn blant. Gwyddai'r tri arall y gallai Wmffra wneuthur ei gownt ar ben mis cystal â'r un athro a wisgodd sbectol erioed. Ond gallai'r hen William Jôs, a dynnai am ei bedwar ugain, wneuthur ei gownt heb roddi dimai'n ormod ym mhoced cwmni'r gwaith nac yn ei boced ei hun, mewn ffordd a yrrai rifyddwyr yr oes hon i wasgfeuon. Eithr ni ddaeth i'w meddwl erioed osod Wmffra ar yr un tir â hen bobl.

Modd bynnag, ped aethent i Ysgol Pen Ffordd Wen gydag Wmffra, fe wybuasent i bob athro yn yr ysgol honno roddi pob gobaith i fyny am ddysgu i Wmffra ysgrifennu. Ni allasai Gabriel ei hun wneuthur hynny, a chaniatáu bod Wmffra yn yr ysgol bob dydd, a chaniatáu bod Gabriel cystal athro ag yw o angel. Ar gyfnodau y deuai Wmffra i'r ysgol, cyfnodau rhwng cyfnodau chwarae triwant. Ni wn yn iawn pa un o'r ddau gyfnod a fyddai'r hwyaf, ond tystiai Eos Twrog, y plisman plant, i Wmffra dreulio mwy o'i amser yn eistedd ar dorlan wrth afon Gwylif nag a wnaeth erioed ar feinciau ysgol Pen Ffordd Wen.

"Rŵan, tyrd yn dy flaen," ebe Dic, "sgwenna at Ann, a phaid â bod mor bengalad. Mi sgwenith Wil y drecsiwn fel coparplât iti."

Meddyliai Dic efallai mai blerwch ysgrifen a gyfrifai am fywyd di-lythyr Wmffra.

"O'r gora," ebe Wmffra, rhag bod yn llai na dyn, a rhoddodd dro cyndyn yn ei gadair. Ysgrifennodd Wil y cyfeiriad ar gas llythyr ac estynnodd bapur a phensel i Wmffra. Wedyn aeth i'r llofft i newid, ac yr oedd y ddau arall yn ddigon call i fyned i ben eu helynt a gadael Wmffra wrtho'i hun i wneuthur y defnydd gorau a allai o'i bensel a'r papur, ac i wneuthur yr hyn a wna llawer wrth ysgrifennu llythyr, sef rhoddi ei enaid ar bapur.

Bore dydd Llun eisteddai Ann gwraig Wmffra wrth y tân, newydd orffen hwylio'r pum plentyn hynaf a'u gyrru i'r ysgol. Yr oedd hynny'n gymaint gorchwyl fel na welai fai arni hi ei hun am gymryd sbel cyn gwisgo am Robin, y plentyn ieuengaf, a chwaraeai efo'r gath ar yr aelwyd. Yr oedd arni eisiau tipyn o amser iddi hi ei hun hefyd, i synfyfyrio paham na ddaethai Wmffra adref nos Sadwrn. Dyma'r tro cyntaf i hyn ddigwydd er pan oedd yn Lerpwl.

Yn sydyn dyma gnoc ar y drws, a neidiodd ei chalon i'w gwddf pan ganfu mai'r postman oedd yno â llythyr iddi hi. Pan welodd farc post Lerpwl, gwelwodd ei hwyneb, a meddyliodd yn sicr i rywbeth ddigwydd i Wmffra. Gwelodd filoedd o bethau yn yr eiliad honno, a'r peth amlycaf o'r cwbl oedd trên yn myned dros Wmffra. Modd bynnag, medrodd agor y llythyr rywfodd, a newidiodd mynegiant ei hwyneb yn hollol. Ni allech ddywedyd beth oedd am ddigwydd. Crychodd ei thalcen, agorodd ei llygaid led y pen, yna daeth cil gwên i gonglau ei genau. Ond y funud nesaf yr oedd yn wylo dros y tŷ. Yn ei llaw yr oedd dalen bapur, ac ar ei chanol ddarlun eglur wedi ei dynnu efo phensel o filgi yn gafael yng ngwar cwningen. Nid oedd na gair na llythyren ar y papur – dim ond y darlun. Ailchwilotodd y cas, rhag ofn. Na, nid oedd ynddo bwt o ysgrifen. Wylodd y fam yn hir. Methai Robin â deall paham yr wylai. Methai'r fam ei hun â deall paham. Eisteddodd ar y gadair a gollyngodd y papur ar lawr.

Cipiodd Robin y papur, a rhedodd y gath am ei rhyddid a'i heinioes.

Cyn gynted ag y disgynnodd llygaid Robin ar y darlun o'r milgi a'r gwningen, gwaeddodd:

"W-w-Tada!" a chan dynnu ym marclod ei fam, "Mami, Tada w-w-!!"

Mawrth, 1923

Pryfocio

"HEN GNAFON HUNANOL ydi dynion," ebe Meri Ifans, gan yfed llwnc o de, fel petai hi'n golchi holl wendidau dynion i lawr ei gwddf gyda'r llymaid hwnnw.

"Ia, *rhai* ohonyn nhw," ebe Catrin Owen, mewn tôn ddiniwed, fel pe na welsai ond caredigrwydd oddi ar law dynion ar hyd ei hoes.

"Does fawr o ddewis arnyn nhw," ebe Meri Ifans. "Dydi'r gora ohonyn nhw'n meddwl am neb yn fwy nag amdanyn nhw'u hunain.

"Does gynnoch *chi* ddim lle i gwyno," ebe Catrin Owen. "Mi fasa gin *i* reswm dros ddeud peth fel yna."

"Dwn i ddim wir," ebe Meri Ifans. "Ŵyr neb ddim ond 'i fyw 'i hun. Ma talcan 'y nhŷ i i'r mynydd a thalcan ych tŷ chitha yn gefn simdda i'r drws nesa. Mi fedrwch gau cega defaid a marlod, ond fedrwch chi byth gau cega dynion sy'n byw am y parad â chi."

Agorodd Catrin Owen ei llygaid mewn syndod. Yr oedd bywyd John a Meri Ifans iddi hi bob amser yn ddelfryd o ddedwyddwch. Gymaint o weithiau y bu hi'n dymuno na buasai hi a Wil ei gŵr cyn hapused â John a Meri Ifans.

"Mae rhai yn medru bod yn greulon yn ddistaw," ebe Meri Ifans, "a mae mwy o dwrw i ganlyn creulondab pobol erill, a'ch anffawd chi ydi'ch bod chi'n byw yng nghanol rhes."

"Nid creulon ydi Wil," ebe Catrin Owen, mor danbaid ag y gadawai ei natur ddiniwed iddi ei ddywedyd, "ond pryfoclyd."

"Be sy fryntach na phryfocio?" ebe Meri Ifans. "Pan fyddwch chi'n meddwl ych bod wedi cael tipyn o ben llinyn ar ych byw, mi erys Wil adra i ddiogi, a chitha'n gorfod troi allan i weithio'r un fath â heiddiw." Gorffennodd ei chwpaned te gyda grym.

"Ond ddaru Wil 'rioed dwtsiad pen 'i fys yna i 'run fath ag y bydd Robin Huws drws nesa'n gneud."

"Wel, a deud y gwir gonast, mi fasa'n well gin i gael dyn rôi bâr o lygada duon imi rŵan ag yn y man, na chael dyn fydd yn dal her ar hyd bywyd. A chymrwch gyngor gin i, Catrin Owen, trowch y tu min ato fo, a byddwch mor bryfoclyd ag ynta. Does dim ymhél â thalu i ddynion yn 'u coin 'u hunain."

"Rhaid i mi 'i chychwyn hi adra," ebe Catrin Owen, "yn 'i wely y gadewis i o'r bora, ac mi fydd wedi codi'r stryd acw os nad a' i adra i wneud cinio iddo fo; a toes acw fawr o lo yn tŷ chwaith."

"Mi faswn i yn gadal iddo ddiodda tipyn o eisio bwyd ac annwyd," ebe Meri Ifans.

Cododd Catrin Owen a chymerodd yr arian a'r brintan

bach o fenyn gogor a roddasai Meri Ifans iddi am gorddi oddi ar y bwrdd.

Diwrnod trwm ym mis Medi ydoedd. Tawch ar y môr, a mwg pawb bron â nogio wrth fyned allan drwy'r corn. Yr oedd rhyw drymder annaturiol yn yr awyr, a rhyw ddistawrwydd rhyfedd ymhobman; y distawrwydd hwnnw a deimlir yn y wlad pan fo'r ysgol wedi ailagor ar ôl gwyliau'r haf. Ar ddiwrnod fel hyn, ni byddai Catrin Owen mewn hwyl i ddechrau gweithio yn ei thŷ ei hun, wedi bod yn gweithio yn nhŷ rhywun arall. Ar ddiwrnod ysgafn, pan fyddai'r gwynt yn chwythu, ac yn enwedig oni fyddai Wil gartref, byddai mewn hwyl i ddechrau ar ddiwrnod arall o waith yn ei thŷ ei hun. Teimlai'n ddigalon heddiw, nid am fod ganddi fwy o reswm i fod felly nag arfer. Nid dyma'r tro cyntaf iddi fyned allan i gorddi am fod Wil yng nghanol un o'i ffitiau pryfocio. Gwnaethai hynny lawer gwaith o'r blaen. Gallai rhywun feddwl mai codi ei chalon a wnâi ar ôl clywed geiriau pendant Meri Ifans ar ddynion yn gyffredin. Ond ni theimlai Catrin Owen mor ddiddig, beth bynnag am hapus, wedi clywed awgrymiadau o'r fath. Yn ei thyb hi ei hun, hi oedd yr unig ferthyr o wraig yn yr ardal. Ac y mae cael y fraint o fod yr unig ferthyr mewn ardal yn galondid i ddosbarth neilltuol o bobl. Felly Catrin Owen.

Yna dechreuodd feddwl am ei bywyd er pan briododd ddeng mlynedd ar hugain yn ôl. Bu ddigon rhyfedd, fel y buasai ambell wraig wedi ei adael yn hytrach na dioddef rhagor ohono. Yn yr un rhes â hi yr oedd pobl yn byw na wnaent ddim o un pen blwyddyn i'r llall ond gweithio – y gŵr yn y chwarel a'r wraig yn y tŷ – bwyta, cysgu a magu plant, heb symud byth o gartre. Beth bynnag am ddedwyddwch Catrin Owen, nid oedd ei bywyd mor undonog â hynna. Ni chafodd erioed beth mor undonog â chyflog mis efo'i gilydd gan ei gŵr, gan na weithiasai erioed fis llawn. Ac ni chysgai Wil gartref bob amser. Cysgai yn y rhinws bob nos Sadwrn tâl bron, ac ymwelai'r plisman â'r tŷ'r wythnos wedyn, pan fyddai Wil yn ddieithriad yn y chwarel. Cai'r stryd gymaint â hynny'n fwy o amrywiaeth yn eu bywyd ar gorn Wil Owen. Mewn gwirionedd, Wil Owen, a Wil Owen yn unig, a gyfleai bob amrywiaeth yn y stryd. Os byddai'n well gan Wil Owen daflu ei chwyn dros ben ei wal i ardd Robin Huws yn lle 'i ardd ei hun, gwnâi hynny tra fyddai Robin Huws yn codi rhawiad o datws. Os byddai'n well gan Wil Owen daflu'r wagen dros y domen yn y chwarel na pheidio â gwneuthur hynny, fe wnâi petai yno gant o stiwardiaid yn gweiddi arno beidio.

Ond buasai'n well gan Catrin Owen fywyd undonog ei chymdogion na holl amrywiaeth ei bywyd ei hun. Sut y priododd dau mor annhebyg sy'n gwestiwn i'r nefoedd ei ateb. Gwnâi'r fath ieuo anghymarus i chwi gredu mai yn y nefoedd *y* gwneir priodasau. Wil wedi ei eni i garped (yn ôl ei feddwl ei hun) ac yn cael teils. Catrin wedi ei geni i deils a heb ddymuno dim byd gwell. Dioddefodd holl bryfocio'i gŵr, nid am fod ganddi ysbryd Cristion, ond am mai Catrin Owen oedd hi, heb ynni o gwbl cyn belled ag yr oedd ei thafod yn y cwestiwn, ond digon o ynni lle'r oedd gwaith tŷ. Weithiau fe âi'r ynni y meddyliasai ei roddi yn ei thafod i'w breichiau. Fe dystiai'r ffordd y sgwriai'r ffustion ar ambell fore Llun wedi cael ffrae â Wil, i hynny'n dda.

Modd bynnag, y bore hwn, wedi clywed Meri Ifans, daeth rhywbeth i'w meddwl na ddaethai erioed o'r blaen. Gafaelodd yn ei siôl a thynhaodd hi am ei breichiau gyda grym gwraig wedi gwneuthur ei meddwl i fyny.

Wrth fyned i fyny at y rhes dai lle'r oedd yn byw, sylwodd ar eu corn simdde hwy. Yr oedd torchau mawr o fwg yn myned i fyny drwyddo, yn llwyd i ddechrau, ac yna'n bygddu. Dyma un o driciau Wil eto. Gwyddai nad oedd fawr o lo yn y tŷ, a gwyddai nad âi Wil byth i hel priciau. Wrth ddynesu at y tŷ, gwelai ei gŵr yn siarad ag Ann Huws y drws nesaf. Amlwg ar agwedd yr olaf mai ffraeo'r oeddynt. Yr oedd ei llygaid hi'n goleuo mellt, ond edrychai Wil Owen yn ddigyffro hollol, ei ddwylo yn ei bocedi, a'i lygaid yn edrych i rywle rywle, fel pe na bai Ann Huws yno o gwbl. Yr agwedd yma ar Wil Owen a laddai ei gymdogion. Ni fennai dim arno. Chwibanai ef pan fyddai ei gymydog yn maeddu poer yn ei gynddaredd.

"Ydi dy ddillad di yn wynnach na dillad rhywun arall,

tybad?" ebe Wil Owen, a deallodd ei wraig mewn munud mai wedi dyfod yno i gwyno'r oedd ei chymdoges ynghylch rhoddi'r simdde ar dân, a'i dillad hithau allan.

Troes Ann Huws ar ei sawdl; gwyddai mai ofer hollol oedd dadlau â charreg admant.

"Mae'n gwilydd bod neb yn gorfod byw yn yr un stryd â dyn fel hyn," ebe hi'n uchel wrthi hi ei hun, heb sylweddoli bod Catrin Owen yn ei hymyl.

"Dyna'r anfantas o fyw mewn rhes," ebe'r olaf, er iddi feddwl dwedyd, "Be tasach chi'n byw yn yr un tŷ ag o?"

Heb ragor na hynna aeth i'r tŷ yn fwy chwyrn nag arfer. Dyna lle'r oedd ei gŵr, erbyn hyn, yn eistedd wrth danllwyth mawr o dân coed, ystyllennod hir yn ymestyn i'r simdde, a'r fflamau yn ymryson ras ar hyd-ddynt.

"Yn lle cest ti'r coed yna?" oedd cwestiwn cyntaf Catrin Owen.

"Coed y gwely ydyn nhw."

"Coed be?"

"Coed y gwely. Tân ydi'r dodrefnyn hardda'n y tŷ. Ia. Tân ydi'r dodrefnyn hardda'n y tŷ," ebe fe, fel ped adroddai ddarn o farddoniaeth.

Pan sylweddolodd Catrin Owen fod ei gwely, ei hunig wely er pan briodasai'i phlant, y gwely a gafodd gan Meri Ifans adeg geni Huw, ei phlentyn hynaf – er nad oedd ond darn o wely wenscot – wedi mynd i'r tân i borthi nwyd bryfoclyd ei gŵr, suddodd ei chalon i waelod ei bod, ond cofiodd am ei phenderfyniad ar y mynydd.

"Rydw i'n mynd," ebe hi, fel pe wedi dywedyd hanner ei phenderfyniad o'r blaen.

"I ble?" ebe'i gŵr, heb droi ei ben.

"I foddi fy hun," ebe hithau.

"Ma'n nhw'n deud ma llyn yr Hafod ydi'r gora at beth felly. Ma mwy o ddyfnjiwn ynddo, ddyliwn," ebe yntau.

Brathodd ei wraig ei thafod, taflodd ei siôl a'i ffedog, a gwisgodd gôt a het. Cychwynnodd tua llyn yr Hafod. Dyma'r llyn yr âi pawb yn yr ardal iddo i roddi pen ar eu heinioes, pan fyddent wedi blino byw, neu'n meddwl eu bod wedi blino byw.

Nid yr un bwriad ag oedd iddi ar y mynydd oedd iddi'n awr. Ar y mynydd, ni feddyliasai am y posibilrwydd y byddai ei hunig wely'n dân coed. Meddwl am dalu Wil "yn ei goin" yr oedd ar y mynydd. Ond yr oedd hyn yn ormod iddi, a'r meddwl cyntaf a ddaeth iddi oedd myned i'w boddi ei hun, heb ystyried beth a olygai hynny. Ond at y llyn yr aeth, a safodd ar ei lan. Ni wyddai fod Wil wedi ei chanlyn o hirbell a'i fod wedi eistedd ar boncan heb fod yn bell i'w gwylio. Bu Catrin rai eiliadau ar lan y llyn heb wybod ei meddwl ei hun, pan glywodd lais ei gŵr yn gweiddi.

"Plymia, Cadi, plymia. Paid â bod ofn. Plymia. Tydi o ddim yn oer."

Syllodd Catrin Owen i waelod y llyn, a gwelodd yno rywbeth na welsai neb o'r rhai a fentrodd blymio, pa beth bynnag a welodd y rheini ar ôl agor eu llygaid mewn byd arall. Fe'i gwelodd hi ei hun yng ngwaelod y llyn hwnnw, mewn brawddeg yn dechrau gyda "phe", ac fe welodd, petai'r "pe" hwnnw'n wir, wên sbeitlyd falch Wil ei gŵr pe dygid ei chorff adref o'r llyn.

Felly, yn lle'i thaflu'i hun i mewn, trodd ar ei sawdl, ac aeth adref.

Ond yr oedd y Diawl ei hun yn ei hwyneb ar ei ffordd adref.

Medi, 1923

Y Wraig Weddw

Safai Dora Lloyd o flaen ei drych yn ei hystafell wely. Yr oedd newydd roddi'r wiallen olaf yn ei gwallt. O'i blaen yn y drych yr oedd wyneb hirgrwn, trwyn union a llygaid gwinau cynnes, talcen llydan a'r gwallt yn gorwedd arno yn donnau cringoch. Rhoes flows sidan gwyn amdani, ac ni chaeodd ei fotymau hyd y top; gadawodd ychydig o wynder ei gwddf yn y golwg. Blwyddyn cyn hynny i'r diwrnod, sef dydd Llun Sulgwyn y llynedd, gwisgai flows gwyn a rhesi duon ynddo, a chaeasai'r botymau i gyd i'r top uchaf.

Buasai Dora Lloyd yn weddw yn awr ers pum mlynedd, a byth oddi ar farw ei gŵr treuliasai bob prynhawn dydd Llun y Sulgwyn gyda'i chwaer yng nghyfraith, chwaer Ned, i sôn am ddiweddar ŵr a brawd uwchben cwpaned o de. Yn ystod ei bywyd priodasol treuliasai bob Llun Sulgwyn yn y dref. Cerddai Ned gyda'i glyb, a rhuban coch a dwy snoden felen ynddo, ar draws ei frest. Treuliai Dora'r bore i gerdded y stryd gan ddisgwyl am y clyb. Rhoddai'i chalon dro pan glywai'r band yn dyfod, a daliai i guro oni welai Ned. Yna, wedi ei weled a theimlo'n falchach ohono nag y teimlasai erioed, dechreuai ei chalon guro'n briodol, a cherddai hithau yn ôl a blaen wedyn i'w ddisgwyl o'r cinio. Wedyn âi'r ddau gyda'i gilydd dros yr Aber, ac yna'n ôl i demprans yn Stryd Twll-yn-y-Wal i gael te. Cerddai'r ddau adref bob amser os byddai'r tywydd yn braf, a chyrhaeddent ym min tywyllnos erbyn amser godro. A byddai'r haul yn suddo dros Fenai pan roddai Dora'r piseri llaeth i oeri yn y pwll dan y pistyll. Dyna ddydd Llun Sulgwyn eu bywyd priodasol hwy, ac edrychai hithau'n ôl arno fel rhywbeth prydferth, yn brydferth erbyn hyn am nad oedd yn bosibl ei gael yn ôl. Yr oedd y dyddiau Llun Sulgwyn cyntaf wedi marw ei gŵr yn rhai rhyfedd iawn. Yn ei galar cyntaf ymhyfrydai fyned i dŷ ei chwaer yng nghyfraith, ac nid oedd dim gormod o sôn am Ned ganddi, er y gwyddai mai peth ffurfiol hollol oedd y sôn i Nel. Ond fel yr âi'r blynyddoedd ymlaen, âi'r diwrnod y daethpwyd â Ned adref o'r chwarel ar elor yn bellach, bellach oddi wrthi. Ni chofiai gyda'r un eglurder ddirdynnu wyneb ei gyfaill Morys Pen y Braich wrth geisio torri'r newydd iddi. Cofiai bob llinell ar yr wyneb hwnnw yn ei ymdrech yn y blynyddoedd cyntaf, ond âi'n llai eglur bob blwyddyn. Ar y dechrau ni allai oddef clywed chwarelwyr yn pasio'r tŷ, ac fe'i caeai ei hun yn y tŷ bob dydd ar ôl i'r corn ganu. Ac er cau'r drws, dychmygai glywed clic y llidiart yn agor a sŵn troed Ned ar y palmant cerrig o flaen y tŷ. Ond aeth clic y llidiart yn wannach, ac erbyn hyn tawsai yn gyfan gwbl.

Eto i gyd daliai i fynd i dŷ ei chwaer yng nghyfraith ar yr ŵyl yma. Aeth y peth mor ffurfiol â mynd i'r dref gynt, ac nid oedd am ei golli. Eithr eleni nid oedd arni awydd o gwbl mynd yno, ac eto ni chymerasai'r byd yn grwn â mynd i unman arall. Achos y cyfnewidiad oedd Bob Ifans y Rhandir. Sut y daeth i'w bywyd, ni wyddai. Ond ryw ddiwrnod teimlodd fod Bob Ifans yn rhan o'i bywyd, ac nad oedd yn bosibl byw hebddo.

Gŵr gweddw oedd Bob Ifans, ac yr oedd ei garedigrwydd i bobl ddi-gefn yr ardal yn ddiarhebol. Ni ofynnai i neb am ganiatâd i'w helpu, ond fe gerddai heibio i'ch drws ac fe rôi "wair i mewn" yn y beudy cyn i chwi wybod hynny. Ac ar un o'r achlysuron yma y teimlodd Dora Lloyd yn wahanol tuag ato. Daethai Bob Ifans yno'n gynnar ar brynhawn Sadwrn, ac aethai i'r gadlas heibio i'r drws heb i Dora ei weled. Rhyw dipyn cyn y cynhaeaf gwair oedd hi, a chymerodd Bob i'w ben gario hynny o wair oedd yn weddill yn y gadlas i'r beudy er mwyn dechrau gwneuthur sylfaen i'r das. Yr un foment ag y deuai Dora i mewn drwy un drws i'r beudy, deuai yntau i lawr y grisiau llechi ac i mewn drwy'r drws arall gyferbyn. A dyna'r olygfa a welai hi am ddyddiau a misoedd wedyn. Dyn heb fod yn rhy dal, ei goesau yn rhy hir i'w gorff efallai, wyneb glân newydd ei eillio, gwallt wedi brithio, het ddu a chrysbais ddu yn llwyd gan lwch llechi, trywsus melfaréd gwyn a chlytiau llwydlas o ôl y llechen hyd-ddo, a dau lygad llwyd yn edrych heibio i'r baich i weld ei ffordd. Disgynnai llwch y gwair yn llwyd hyd ei wyneb, ac arhosai gweiryn yma ac acw hyd ei fwstas. Yr oedd popeth yn y darlun yn llwyd. Mewn gair, rhyw un clwt o lwydni ydoedd, ond fe aeth y darlun a'r dyn oedd yn ganolbwynt iddo i'w chalon.

Deuai Bob Ifans yno yn amlach wedyn, a chollodd stem gyfa i'w helpu gyda'r cynhaeaf gwair. Cof ganddi'n awr wrth wisgo amdani am y diwrnod hwnnw. Diwrnod poeth tebyg i heddiw ydoedd. Yr oedd hi yn y tŷ llaeth yn torri bara a menyn erbyn te, a chlywai sŵn yn dyfod o'r gadlas trwy'r ffenestr agored tu cefn iddi. Sŵn ysgafn y gwair ydoedd, a disgynnai ar ei chlust, wrth luchio'r gwair o'r drol i'r das, fel siffrwd pais sidan merch wrth gerdded. Yna deuai llais Bob Ifans:

"Y gongol yma rŵan, hogia bach, neidiwch hynny fedrwch chi, er mwyn cael lle i'r droliad nesaf."

"Pryd byddwn ni wrth y to, Robat Ifans?" ebe un o'r hogiau.

"O, mi gawn ni das bach allan cyn hynny," ebe dyn pen y das.

Gwenai Dora'n foddhaus ar y dorth wrth feddwl am ei dynerwch a'i amynedd gyda'r plant.

Deuai golygfa arall o flaen ei llygaid.

Bob Ifans yn pegio'r mochyn ar ddiwrnod oer yn y gaeaf. Yr oedd cyn fedrused fel pegiwr mochyn ag ydoedd fel dyn pen y das mewn cynhaeaf gwair, ac ni byddai funud wrthi. Yr oedd y munud hwnnw'n un ofnadwy i'r mochyn, i'r pegiwr, ac i'r edrychydd. Hyfrydwch i deimlad Dora Lloyd ydoedd i Fob Ifans fedru cadw llywodraeth ar ei wyneb a'i dymer. Ac os medr merch ddal i feddwl yr un fath am ddyn wedi ei weld yn pegio mochyn, pan mae'n gymaint temtasiwn iddo dynnu ei wyneb i bob ffurf, fe argoela'n dda.

Ond i beth y breuddwydiai Dora fel hyn, a'r amser yn rhedeg ymhell? Ni roesai ond ei sgert amdani eto. Byddai Nel wedi blino disgwyl wrthi. Wrth edrych arni hi ei hun yn y drych yn ei blows wen a'i sgert ddu, meddyliodd nad oedd y sgert ddu yn gweddu i dymer ei meddwl. Nid oedd waeth iddi heb na rhagrithio, byddai'n rhaid iddi sôn am Fob Ifans wrth Nel rywdro, ac efallai y byddai gwisgo sgert las yn help i dorri'r garw a dechrau sgwrs am y peth. Felly aeth i'r cwpwrdd i nôl y sgert las, treuliodd amser i'w thwymo o flaen hynny o dân oedd yn weddill, a rhoddodd hi amdani. Ymdrôdd ragor drwy fynd i chwilio am fasged a hen faneg *kid* i gasglu danadl poethion i'r mochyn. Pethau da iawn i godi stumog mochyn oedd danadl poethion. Yr oedd erbyn hyn yn barod i gychwyn.

Pwy oedd yn ei hwynebu wedi iddi agor y llidiart ond Marged Jones y Pant, wedi bod ym mynwent y plwyf yn golchi carreg fedd ei gŵr. Yr oedd pwced ar ei braich, ac fe wyddai Dora fod brws sgwrio, ffedog fras a darn o sebon oddi mewn i'r bwced. Ar ddyddiau gŵyl ac uchel-wyliau yr âi Marged Jones y Pant i wneuthur yr oruchwyliaeth hon. Cyn gynted ag y gwelodd hi Ddora, eisteddodd i lawr ar y garreg fawr wrth y llidiart fel pe'n mynd i gael sgwrs hir. Yr oedd y llall erbyn hyn yn ddiamynedd. Yr oedd yn ddigon boddlon ymdroi gyda'i myfyrdodau distaw ei hun, ond nid gyda myfyrdodau uchel pobl eraill.

"Wedi bod yn y fynwent, Margiad Jôs?" ebe Dora, gan edrych ar y bwced.

"Ia," ebe hithau, "a rydw i wedi blino'n arw. Ma hi'n gryn step i waelod y plwy ar dywydd poeth."

"Ydi," ebe Dora'n ddiegni.

"A mae o'n gryn dipyn o waith cadw bedd mewn trefn. Welsoch chi 'rioed cyn gyntad ma hen chwyn a 'nialwch yn tyfu."

"Ia 'ntê?"

"Ond tydi rhai pobol yn malio dim faint o chwyn dyfith ar fedda'u teulu nhw."

"Nag ydyn," ebe Dora yr un mor ddigyffro. Gwyddai na ffitiai'r cap yna mohoni hi. Ond methai ddeall paham y siaradai Marged Jones i'r cyfeiriad yna.

"A ma rhai pobol yn waeth na hynny," ebe'r olaf drachefn, "mi fedrwch gerad hyd feddi yn Llanadwn heb wbod ych bod chi'n gneud hynny."

"O."

"A rydw i'n synnu at rai pobol hefyd, pobol y basach

chi'n disgwyl petha ymgenach gynnyn nhw. Dyna i chi Bob Ifans y Rhandir rŵan. Does yna ddim pwt o garrag fedd wrth ben 'i wraig o."

Cochodd Dora, a gwelwodd wedyn.

"Wel, rhaid imi fynd," ebe hi, "ne mi fydd Nel wedi hen roi gora i 'nisgwyl i."

"Clic," ebe rhywbeth yr un pryd yn ei chalon, fel drws yn cau ac yn cloi ohono'i hun. A gwyddai Dora Lloyd y foment honno, fod Bob Ifans y tu allan i'r drws hwnnw. Ni wyddai paham, ond ni fedrai byth feddwl am Fob Ifans yn ŵr ag yntau wedi esgeuluso cofio'i wraig gyntaf. Iddi hi, nid rhywbeth i roi taw ar siarad ardal oedd carreg fedd, ond rhywbeth na fedrech beidio â'i roi yn eich galar cyntaf. Rhoddasai hi garreg las a llythrennau aur ar fedd Ned. Dymuniad Ned oedd y garreg las. Dyna a ddywedai ef a ddylai fod ar fedd pob chwarelwr. Rhoddes hithau'r garreg las er mwyn Ned, ond y llythrennau aur er mwyn ei chymdogion. Eto, nid balchder oedd y cwbl. Yr oedd cryn dipyn o deimlad ynglŷn â'r garreg fedd honno. A methai ddeall sut na wnaethai Bob Ifans yr un peth a chanddo yntau fodd.

Wedi mynd ychydig lathenni, ebe hi:

"Rhaid imi fynd yn f'ôl am funud, Margiad Jôs; rydw i wedi gadal rhwbath ar f'ôl."

Aeth yn ei hôl i'r tŷ a newidiodd y sgert las am y sgert ddu.

Wrth fynd i fyny at dŷ Nel, gwelai hi yn sefyll ar ben y drws â'i llaw ar ei thalcen.

"Mi rwyt ti wedi bod yn ymdroi yn rhwla," ebe'i chwaer yng nghyfraith.

"Do, mi ddaliodd Margiad Jôs y Pant fi ar y ffordd."

"Yn lle'r oedd hi wedi bod, tybad? Yn y fynwant, m'wn."

"Ia," ebe Dora, ac ocheneidiodd.

Yn ei meddwl, fe gamgymerodd Nel yr ochenaid. I Nel, nid oedd ond un achos ynglŷn â mynwent a barai i Ddora ochneidio. Ned oedd hwnnw. Fe welodd Dora hynny cyn i Nel gael dwedyd dim, ac ebe hi:

"Sud mae dy foch di yn dŵad ymlaen rŵan, Nel?"

"Siort ora, ma'n nhw'n fytwrs dan gamp."

"Wir, ma nacw wedi colli'i stumog yn lân. Rydw i am fynd am dipyn o ddalan poethion iddo ar fy ffordd adra."

Ac am foch a gwartheg a lloi y bu'r siarad bron drwy'r prynhawn. Ni bu yno ddim sôn am Ned nac am Fob Ifans. Ond wrth sôn am lo Dora oedd yn pori yng Ngwastad Faes yng ngwaelod y plwy, daeth syniad i ben ei berchennog, a bywiogodd o hynny hyd yr amser i gychwyn adref. Yn yr ardal honno byddai'r borfa'n brin yn y gwanwyn a dechrau haf, a byddai'n rhaid gyrru'r gwartheg i bori i rai o ffermydd brasach gwaelod y plwy. Yr oedd gan Ddora lo, a thrwy fod y gwartheg yn eu llawn laeth, y llo a anfonwyd i bori'r tro hwn. Ac yn wir, bu ar Ddora hiraeth ar ei ôl wedi iddo fynd, oblegid nid oedd yn hollol fel lloi eraill rywsut. Magodd ef ar y bwced o'r cychwyn, ac yr oedd yn hollol fel oen llywaeth. A llo crand oedd y llo, llo coch a seren wen yn ei dalcen. Yr oedd ei gorff yn gymesur drwyddo fel eiddo ei fam. Dyna fel y dywedai'r hen Domos Huws, Bryn Rhedyn, am fuwch hardd bob amser, "buwch grand," yn hollol fel pe siaradai am ffrog orau Annie ei ferch. Rhoesai Wil y Lloua ei ben dros y wal amryw weithiau ers pan aethai'r llo hwn allan i'r cae gyntaf. Ac os brathai Wil ei ben dros y wal fwy nag unwaith, golygai hynny fod ei lygad ar y llo, i'w brynu. Ond ni lwyddodd yn yr achos yma, ac ni chawsai'r cigydd lo ganddi byth. Yn ôl Dora Lloyd, nid oedd y dywediad hwnnw, "Gwell i chwi'r drwg a wyddoch na'r drwg na wyddoch," yn dal wrth werthu llo i gigydd. Ond yr oedd am fagu'r llo hwn deued a ddelo, a chyn pen hir iawn aeth y llo bach yn rhyw ran o'i bywyd. Nid âi ef byth ymhell oddi wrth y tŷ i bori. Codai ei ben a rhedai at wal y cae bob tro yr âi heibio i'r pistyll i nôl dŵr. Pan ddeuai amser ei lith gyda'r nos, rhedai fel peth cynddeiriog at yr adwy, a heibio iddi dan neidio a champio at y beudy. A'r fath bleser oedd ei weld yn llyfu ei drwyn ar ôl gorffen ei lith ac yn estyn ei ben dros ymyl y rhesel i edrych ar ei hôl gan droi ei lygaid mawr, bolwyn! Teimlodd yn wir ddig ato unwaith. Fe dorrodd i mewn i gae'r lein ddillad ryw ddiwrnod, ac fe wnaeth ddifrod yno. Fe basiodd popeth rhad, ond fe gnodd bopeth drud onid oeddynt yn rhidyll fel bocs pupur, ac yn eu plith flows sidan gwyn, y blows lliw cyntaf i Ddora Lloyd ei brynu ar ôl claddu ei gŵr. Yr oedd yn ddig hyd ddagrau wrtho ar y dechrau, a dymunai i'r dincod fod ar ei ddannedd hyd ddiwedd ei oes. Ond rhoddodd bardwn iddo wedi ystyried mai 'adwyon gwraig weddw' yw adwyon gwraig weddw wedi'r cwbl, a meddyliodd mai peth chwithig oedd galw neb gwirion yn llo.

Yn awr, wrth sôn wrth Nel am loeau ac anifeiliaid eraill, daeth iddi syniad. Yr oedd am fynnu cael y llo yn ôl cyn yr amser penodedig. Yr oedd arni dipyn o gywilydd cyfaddef wrth Nel na buasai yn gweld o gwbl sut y deuai'r llo ymlaen. Yr oedd yno ers cryn dipyn hefyd, oblegid yr oedd y Sulgwyn yn ddiweddar y flwyddyn honno. Os câi'r llo yn ôl, fe âi a'i meddwl oddi wrth bethau eraill. Ac yn ôl ei meddwl hi yr oedd yn rhaid i rywbeth lenwi eich bywyd, neu ran ohono, beth bynnag. A gwyddai na ddeuai Bob Ifans yn rhan ohono byth eto.

Daeth Nel i'w danfon beth o'r ffordd hyd at y llwyn danadl oedd ar ochr y ffordd. Wrth dorri'r danadl edrychai Dora'n hollol fel petai pob iot o'i meddwl ar fôn y llysieuyn rhag ofn ei phigo ganddo. Ond yn lle hynny, yr oedd ei meddwl ar ddarlun lle gwelai Bob Ifans yn cilio'n ôl oddi wrthi yn wysg ei gefn a'r llo'n dychwelyd o Wastad Faes.

"Fyddi di'n medru anghofio petha yn fuan?" ebe hi wrth Nel.

"Anghofio beth, beth wyt ti'n feddwl?" ebe'r olaf.

"O diar, be sy arna i?" ebe Dora, oblegid gwyddai na ddeuai'r cwestiwn o gofio ac anghofio i fyd Nel o gwbl. Cymryd popeth fel y deuai a wnâi ei chwaer yng nghyfraith.

Wedi i'r olaf fynd i'r tŷ, ebe hi wrth ei gŵr:

"Ond 'toedd Dora yn rhyfadd heiddiw?"

"Rhyfadd y gwelis i hi 'rioed," ebe hwnnw.

Yr oedd Nel a'i gŵr cyn debyced i'w gilydd â phâr o gŵn tegan, ond bod pennau'r ddau yn troi'r un ffordd yn lle at ei gilydd.

Drannoeth, anfonodd Dora Joni'r tŷ nesaf i nôl y llo, a rhoddodd arian iddo dalu yn llawn am ei le. Yr oedd yn ddigon boddlon yn ei meddwl y gallai wneud yn burion heb lwgu'r gwartheg. Eleni yr oedd mwy nag arfer o 'wellt medi' – y gwair ir hwnnw a dyf yn rhimin glas yng nghanol gwair arall ac a dynn ddŵr o ddannedd gwartheg.

Gallai ei weled yn dyfod i fyny'r ffordd a rhedodd i'r drws i'w ddisgwyl. Mynnai'r llo basio'r llidiart, a gyda chryn drafferth y cafodd Joni ef drwyddi. Aeth heibio i'w berchennog heb gymryd arno ei gweled. Wedi mynd i'r cae rhedodd o gwmpas yn wyllt, ac ni chymerai unrhyw sylw o'r gwartheg eraill nac o'i fam ei hun. Rhedai i ffwrdd pan ddeuai ei fam ato i geisio ei synhwyro. Wedi gorffen rhedeg, a bod yn gas wrth y gwartheg eraill, safodd yn stond yng ngwaelod y cae, a'i ben dros y wal yn edrych i gyfeiriad Gwastad Faes.

Sylwodd Dora ar hyn i gyd, ac aeth i'r cae dan weiddi, "Drwia bach."

Ond ni chymerai sylw ohoni.

"Joni," ebe hi, wedi mynd yn ei hôl at y tŷ, "wnei di ddim mynd i'r beudy i nôl y bladur a thorri tipyn o wellt medi imi?"

Ymhen deng munud, croesai'r cae, a'r gwellt medi mewn hen fasged ddillad dan ei braich.

Ni chymerai'r llo sylw ohoni, ond pan daflodd gynnwys y fasged ar lawr, neidiodd yn awchus amdano. Cydiodd hithau mewn tamaid o'r gwellt medi a cheisiodd ganddo ei fwyta o'i llaw. Ond trodd ei drwyn arno a gwthiodd ei llaw o'r neilltu gan bori oddi ar lawr. Taflodd hithau hynny oedd yn ei llaw am ei ben i gyd.

"Twyt titha ddim ond 'run fath â dynion," ebe hi. "Ma'n well gin ti dy le na'r sawl pia'r lle."

Aeth yn ei hôl at y tŷ. Yr oedd awr eto dan amser godro. Ond galwodd ar y gwartheg i'r beudy, er ei bod mor gynnar. Methai'r rheini ddeall beth oedd yn bod, a buont yn anufudd am ysbaid. Ond gan y swniai "Trw bach" Dora Lloyd yn fwy o ddifrif nag arfer, teimlasant mai gwell oedd ufuddhau.

Ped aethech heibio i'r beudy ymhen tipyn fe welsech

Dora Lloyd yn godro efo'i dwy law, ei phen yn dynn yn nhynewyn y fuwch ac yn canu i fiwsig y llaeth yn chwistryllio i'r piser, y pennill hwn:

Mae gennyf gwpwr cornel,
A'i lond o lestri te,
A dresel yn y gegin,
A phopeth yn ei le.
Ffa la la, etc.

Ebrill, 1924

Henaint

WRTH EISTEDD WRTH y tân yn y fan yma heno, teimlaf yn rhyfedd iawn. Nid yn aml y byddaf yn edrych yn ôl i'r gorffennol, ond aeth digwyddiadau'r misoedd diwetha yma â mi yn ôl rhyw ddeuddeng mlynedd ar hugain rhag fy ngwaethaf. Pan fydda i yn rhoi tro i'r gorffennol, rhyw aneglur iawn yw pethau yno i mi. Rwyf yn cofio pethau wrth gwrs, ond yn eu cofio fel dyn pedair a deugain y byddaf ac nid fel hogyn deuddeg. Ond heno, mi fedrwn ddweud wrthych, nid beth a ddigwyddodd pan oedd Twm bach Llain Wen a minnau yn yr ysgol, ond mi fedrwn ddweud sut oglau oedd ar yr hen ysgol ac ar yr hen lyfrau tamp rheini yn y cwpwrdd wrth y drws. Y pnawn yma, mi glywais ddannedd Twm bach Llain Wen yn rhincian wrth gwffio efo'r Sgŵl ddeuddeng mlynedd ar hugain yn ôl. Ac mi deimlais gyffyrddiad bodis melfed fy athrawes ar ochr fy wyneb wrth iddi farcio fy syms. Rywsut fe aeth deuddeng mlynedd ar hugain o 'mywyd yn ddim, ac yr oedd Twm bach a minnau yn yr ysgol efo'n gilydd yn ddau gwb o'r deuddeg i'r tair ar ddeg. Mae Twm yn ei fedd heno yn ddyn pedair a deugain oed. Mae'i fam yn fyw yn hen wraig wyth a phedwar ugain. Yn ei hen dŷ yn Llain Wen y mae hi'n byw, efo'i merch Gwen; gwaith rhyw chwarter awr oddi yma yw Llain Wen. Wedi i Twm briodi efo Ann y Wern, cafodd waith yn Chwarel y Fenlas, ac mi symudodd i'r ardal honno i fyw. Rwyf i yn byw yn fy hen gartre o hyd. Bu Twm a minnau yn canlyn ein gilydd nes priododd o a mynd oddyma i fyw. Wedyn, fel mae hi'n digwydd, collsom olwg ar ein gilydd, a fyddem ni byth yn taro ar ein gilydd ond pan ddôi Twm i gladdu rhywun i'w hen ardal, neu i edrych am ei fam; neu pan darawem ar ein gilydd mewn ffair yn y dre.

Tua diwedd y flwyddyn ddwaetha dwedwyd wrthyf fod Twm yn cwyno, ac nad oedd o ddim efo'i waith hanner ei amser. Mi euthum i Lain Wen i holi ac i gael tipyn o'i hanes. Ond ni wyddai neb yno ddim byd. Nid oedd yr hen wraig yn fy 'nabod ar y dechrau, ac nid oeddwn yn synnu at hynny, oblegid yr oedd misoedd er pan fûm yno. Ond wedi imi ddweud pwy oeddwn, yr oedd yn cofio ar unwaith, a holodd fi ynghylch y gwartheg a'r anifeiliaid. Cofiai fod un o'r gwartheg yn sâl gennyf.

Ymhen rhyw fis wedyn, clywais mai gwael iawn oedd Twm, ac euthum drachefn i Lain Wen i wybod ai gwir a glywswn. Clywsent hwythau drwy lythyr oddi wrth Ann mai gwael iawn ydoedd, ond nid oedd yno lawer o bryder.

"Rhyw boen yn 'i frest sy gynno fo," ebe Gwen, gan daflu'r peth heibio.

Eisteddai'r hen wraig yn ei chornel wrth y tân, ac nid adwaenai fi mwy na'r noson cynt, fis cyn hynny. Wedi imi ddweud pwy oeddwn, "O'r tad," ebe hi, gan ddodi ei llaw ar fy ysgwydd, "fedrwn i yn 'y myw weld dim byd yn debyg ynat ti, ond mi gwela i o rŵan." A chwarddodd yn galonnog.

Nid oeddwn yn rhyw dawel iawn fy meddwl ynghylch Twm, a thrannoeth euthum yno gyda'r trên i weld drosof fy hun. Synnais yn fawr pan welais ef yn y fan honno yn eistedd wrth y tân; yr oedd golwg wael iawn arno. Ei wyneb yn felyn ac yn denau, a'i ddwylo'n lân. Eto, yr hen Dwm oedd yno yn sôn am ei gôr yn y chwarel gydag afiaith.

"Rydw i yn disgwyl y bydda i'n o lew at gwarfodydd y Nadolig yma," meddai. "Rydw i wedi cael dwrnod go dda heiddiw."

A sgwrsio am gorau a chystadlaethau y buom drwy'r amser. Wrth gychwyn oddi yno, daeth Ann i 'nanfon i, ac yr oedd ei hwyneb yn hollol wahanol i'r hyn ydoedd yn y tŷ. Yno yr oedd yn llawen, a phrin y gallasech ddweud fod dim yn ei phoeni. Wedi dyfod allan y canfûm mai ymdrech oedd hi arni yn y tŷ.

"Sut roeddat ti yn 'i weld o?" meddai.

"Yn well nag roeddwn i'n meddwl," meddwn innau, gan ddweud anwiredd.

"Mae o'n frenin heiddiw wrth yr hyn fuo fo," ebe hi. "Amball ddwrnod mae o'n cael poenau ofnadwy. A wir," ebe hi, gan fygu ochenaid, "lliw drwg iawn mae'r doctor yn 'i roi ar betha."

"Wyddan nhwtha mo'r cwbwl," meddwn innau. "Beth mae o'n ddeud ydi'r matar?"

"Tydi o ddim yn deud yn rhyw blaen iawn," ebe hithau. "Ond rhaid imi fynd i'r tŷ. Paid â bod yn ddiarth."

"Mi ddo i yn o fuan eto," meddwn i wrth groesi'r gamfa i'r cae.

Ond i'm cywilydd nid euthum am hir iawn. Rhyfedd fel mae dyn yn medru anghofio salwch sydd yn ddigon pell oddi wrtho. Felly bu hi efo minnau.

Pan euthum yno wedyn, ni allwn gredu fy llygaid gan gymaint y newid yn Nhwm. Ar fy myned i'r tŷ clywn aroglau pobi bara da. Yr oedd Ann wrthi'n tynnu'r bara o'r popty, a Thwm yn eistedd gyferbyn, a'i wyneb yn deneuach ac yn felynach a'i lygaid yn fawr. Pe gallesid trawsnewid yr wyneb hwnnw, fe fuasai yn ddarlun cysurus. Ni chymerodd lawer o sylw ohonof, ond cadwai ei olwg ar Ann yn tynnu'r bara o'r popty. Cnociai hithau o danynt efo'i migyrnau, fel petai hi'n cnocio drws, i edrych a oeddynt yn barod. "Gwna hynna eto," ebe fo wrthi, "gwna hynna eto," a'i lygaid yn rhythu.

A chnociodd Ann y dorth i'w fodloni. "Fel yna y bydda Mam yn gneud ers talwm," meddai wrthyf i.

A daeth rhyw olwg dros ei wyneb, yr un olwg ag a welais arno lawer gwaith mewn cyfarfod llenyddol, pan fyddai'r beirniad yn rhoi ei feirniadaeth, ac wedi dweud digon ohoni i ddangos mai ei gôr ef oedd y gorau. Diflannodd yr olwg yna'n fuan a throdd ei lygaid at y tân. Felly y bu tra fûm yno, yn syllu i'r tân, heb ddweud fawr ddim, ond ateb ambell gwestiwn. Gofynnodd un cwestiwn ohono'i hun heb dynnu'i olwg o'r tân.

"Sut mae Mam?" meddai.

"Mae hi'n reit dda o ran 'i hiechyd," meddwn; "'i cho hi sy'n mynd."

"Ia 'ntê?" meddai yntau. "Eitha i hynny fod, am wn i."

Nos drannoeth euthum i Lain Wen. Gofynasai Gwen imi fynd oblegid yr oedd yn bryderus iawn erbyn hyn. Yr un fath â'r troeon cynt, nid adwaenai'r hen wraig fi. Ac wedi gwybod pwy oeddwn, ni chymerai ddim diddordeb ynof i na'm pethau.

Yr oedd yn noson galed, loergan leuad, a dim awel o wynt yn unman. Yr oedd y rhew yn crensian dan fy nhraed ar hyd y ffordd tua Llain Wen.

"Codi'n wynt mawr y mae hi 'ntê?" ebe'r hen wraig heb annerch neb mwy na'i gilydd.

"Faint sy tan 'Dolig?" ebe hi, cyn imi gael siawns i'w chywiro ar gwestiwn y gwynt.

"Deufis," ebe finnau.

"Diar bach," ebe hi, "rydw i yn cofio fel petai hi'n ddoe amdana i ac Aels fy chwaer yn gwneud cyflath ddydd cyn 'Dolig pan oeddan ni'n dwy yn gweini yng Ngwastad Faes.

A wyst ti be?" ebe hi, gan daro ei llaw ar fy mhen glin, "mi rhoethon ni o allan i oeri. Gynta'n bod ni wedi gneud, dyma ni'n clywad rhyw sgrech fwya ofnadwy. A beth oedd yno ond rhyw hen iâr wedi rhedag drwy'r cyflath, ac wedi llosgi. Mi ddoth 'i hewin hi i ffwrdd, y gryduras." A chwarddodd yr hen wraig.

"Tewch â'ch lol, Mam," ebe Gwen yn snaplyd.

"Sut roedd Twm?" ebe hi wrthyf yn addfwynach.

"Symol iawn," meddwn i, "symol iawn; wedi gwaelu'n arw er pan welis i o'r tro dwaetha."

"Ia," ebe hithau, "ro'n inna yn 'i weld o wedi gwaelu'n arw y dwrnod y buom i yno. Mae arna i ofn fod rhwbath wedi gafael yn Twm."

"Bobol bach," ebe'r hen wraig, "mi fydda yna betha digri yn digwydd ers talwm."

"Tewch, Mam," ebe Gwen yn ddiamynedd, "dydach chi ddim yn cl'wad Wil yn deud mor sâl ydi Twm?"

"Twm?" ebe'r hen wraig. "Ia 'ntê?"

Aeth rhagddi wedyn.

"Rydw i'n cofio Aels a minnau'n dŵad adra dros bompran Gwredog efo'n cariada, o Ffair Ŵyl Grog, a phan oeddan ni ar y bompran, dyma ni'n gweld ysbryd, a ffwrdd â ni yn 'yn hola, yn ôl dest i'r dre, ac adra rownd y lôn wedyn. Mi roedd Aels yn hogan glyfar hefyd. Mi gâi hi neb fynna hi yn gariad."

Wrth edrych arni yn eistedd yn y fan honno, yn hen wraig hen, âi fy meddwl yn ôl at yr amser pan fyddwn yn galw yno heibio i Dwm i fynd efo fo i'r ysgol. Gwraig bach, writgoch, gron, oedd hi'r adeg honno, fel twmplin 'falau, yn mynd yn fân ac yn fuan o gwmpas y tŷ. Yr oedd ganddi feddwl y byd o Twm. Y fo oedd yr hogyn 'fenga, a mawr oedd bydau ei fam efo fo. Yr oedd yn rhaid iddo wisgo mwstard mewn gwlanen ar ei frest drwy'r gaea a'r ha bron. Ac at hynny, hances wlanenéd am ei wddf ac yn croesi ar draws ei frest o dan ei fresys. Byddai'n rhaid i Dwm doddi'n llymad yng ngwres Gorffennaf cyn y câi eu tynnu. Ni châi'r gwynt chwythu arno gan ei fam. Meddyliwn am y fam weithgar honno — a'r hen wraig hon, yn eistedd wrth y tân a'i dwylo dros 'i gilydd.

Am wn i mai'r un dillad oedd ganddi rŵan. Nid oeddwn yn ei chofio erioed heb y cap gwyn o dan yr het wellt ddu. Nid cap gwyn wedi'i gwicio oedd o chwaith, fel a welais i gan Betsan Ifan pan oeddwn i'n hogyn, ond cap gwyn a ffrilin, a het bach gron ddu yn troi at i lawr, a'i chantel wedi ei rwymo efo melfed a phluen o gwmpas y corun. Un felly a welais ganddi erioed, ac ni welais hi 'rioed hebddi am ei phen yn tŷ. Yr oedd ganddi bais stwff gartre amdani, bodis gwlanen, a barclod glas a gwyn; ac am ei thraed bâr o glocsiau a chlesbin gloyw arnynt.

"Yr un siort o ddillad," meddwn i wrthyf fy hun, ond nid yr un wyneb na breichiau. Nid y breichiau yma a welais i ers talwm yn tylino padellaid o does, nes byddai yn gwegian fel tonnen odani. Ychydig o'i hwyneb oedd i'w weld rŵan, oblegid clymai llinynnau ei chap o dan ei gên. Yr oedd yr ychydig oedd i'w weld yn rhychau i gyd, fel llaid ar ôl glaw. Yr oedd ei dwylo'n felyn a brych, fel papur wedi brychu mewn ystafell laith. Yng nghongol ei llygad yr oedd diferyn o ddŵr. Ysgydwai ei phen o hyd, weithiau i fyny ac i lawr, weithiau o'r chwith i'r dde.

"Codi'n fwy o wynt y mae hi 'ntê?" ebe hi drachefn.

"Ie," ebe fi, "a rhaid imi ei throi hi." Wrth imi agor y drws ar noson dawel a'r lleuad ar lechen y drws, clywn yr hen wraig:

"Codi'n wynt mawr y mae hi."

Euthum adre'n brudd.

Bûm yn edrych am Dwm droeon ar ôl hyn, ac i'm golwg i gwaethygu yr ydoedd bob tro.

Diwrnod Ffair Gaea yr oeddwn yn y dre'n fore. Ond er mor fore ydoedd yr oedd un o gymdogion Twm, a wyddai am ein cyfeillgarwch, yn chwilio amdanaf. Gwyddwn oddi wrth ei wyneb fod ganddo newydd drwg. Yr oedd Twm yn wael iawn, meddai, yn waelach er y noson cynt, ac ofnai na byddai yno erbyn yr âi adre o'r ffair. Cychwynnais ar unwaith tuag yno gan adael y ffair i'r neb a'i mynnai. Yr oeddwn am gael un olwg ar Dwm wedyn. Ond yr oeddwn yn rhy ddiweddar. Yr oedd wedi darfod ryw awr cyn hynny.

I mi y rhoddwyd y gorchwyl o ddweud y newydd yn Llain Wen.

Cerddais yn ôl bob cam, ac erbyn imi gyrraedd Llain Wen, canai'r cyrn un o'r gloch.

Wrth agor y llidiart i'r llwybr a arweiniai at y tŷ, gwelwn yr hen wraig yn y drws, a'i phen yn ymestyn heibio i'r cilbost. Cyn imi agor y llidiart, gofynasai dyn a âi heibio, ai honno oedd y ffordd iawn i Lanberis. Gwelsai'r hen wraig ef mae'n amlwg, oblegid ei chwestiwn cyntaf i mi oedd:

"Beth oedd ar y dyn yna eisio, deudwch?"

"Eisio gwybod oedd o ar y ffordd iawn i Lanberis."

"O'r tad."

Syllodd arnaf wedyn.

"Pwy ydach chi?" ebe hi.

"Wil," meddwn i, "Wil, ffrindia Twm bach."

"O'r tad," ac ni wyddwn oddi wrth ei mynegiant a wyddai pwy oeddwn ai peidio. Pwysais fy nghefn ar wal y tŷ, gan feddwl am y ffordd esmwythaf i ddweud wrthi.

"Wedi dŵad i'r drws i sbio o 'nghwmpas cyn iddi dwllu'r oeddwn i," ebe hi.

"Ia?" A brysiais yn fy mlaen yn drwsgl. "Rhyw newydd go ddrwg sydd gin i ichi'r hen wraig. Mae Twm, druan, wedi'n gadael ni."

"Twm," ebe hi, "pwy Dwm?"

"Ond Twm, ych mab chi, ych mab fenga chi," meddwn i.

Edrychodd yn ddi-ddeall, ac ebe hi:

"Tydw i ddim yn 'i nabod o, wel'di."

Hydref, 1924

Hefyd o'r Lolfa:

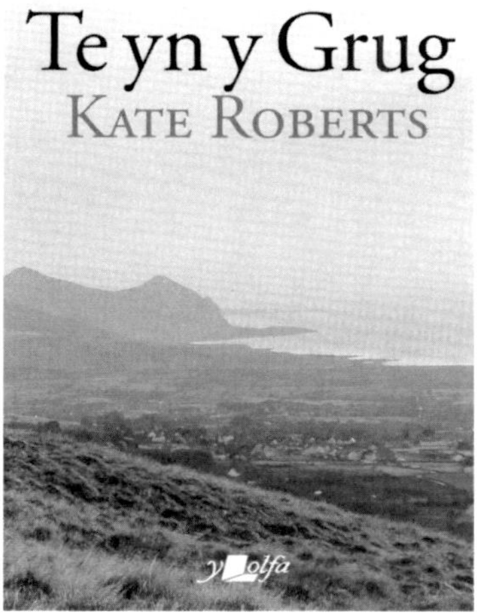

£6.99

£9.99

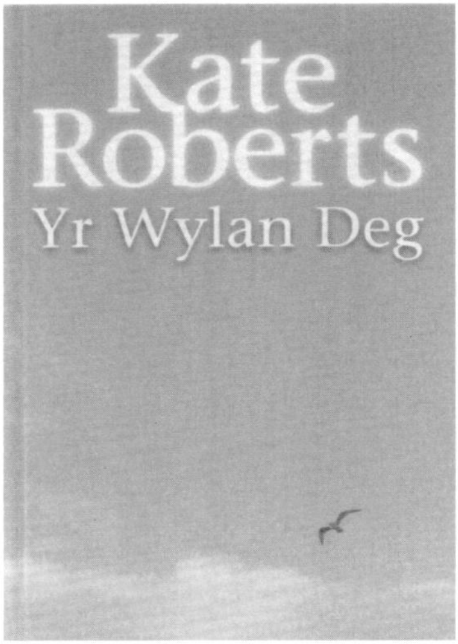
Kate
Roberts
Yr Wylan Deg

£7.50

Kate Roberts
Prynu
Dol
A Storïau Eraill
Gwasg Gee

£5

£7.50

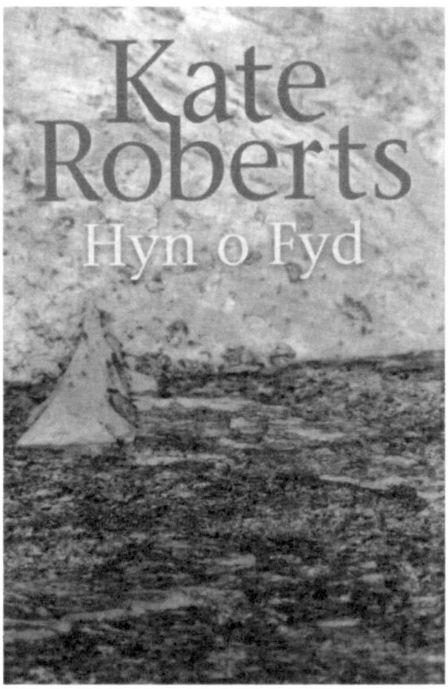

£6.50

Kate
Roberts
Y Byw sy'n Cysgu

£8.95

Gobaith
a storïau eraill
Kate Roberts

£3.95